Terreur sur la route

Terreur sur la route

M.C. Summer

Traduit de l'anglais par
LYNE DROUIN

**Les éditions
Héritage inc.**

Données de catalogage avant publication (Canada)

Summer, M.C.

Terreur sur la route

(Frissons ; 79)
Traduction de : Deadly Stranger.
Pour les jeunes de 10 à 14 ans.

ISBN 2-7625-8753-6

I. Drouin, Lyne. II. Titre. III. Collection.

PZ23.S89Te 1997   j813'.54   C97-941233-1

Deadly Stranger
Copyrigh © 1993 M.C. Sumner et Daniel Weiss Associates, Inc.
Illustration de la page couverture © 1993 Daniel Weiss
Associates, Inc.
Publié par HarperCollins*Publishers*

Version française
© Les éditions Héritage inc. 1998
Tous droits réservés

Illustration de la couverture : Sylvain Tremblay
Infographie de la couverture et mise en page : Jean-Marc Gélineau

Dépôts légaux : 1ᵉʳ trimestre 1998
Bibliothèque nationale du Québec
Bibliothèque nationale du Canada

ISBN : 2-7625-8753-0   Imprimé au Canada

LES ÉDITIONS HÉRITAGE INC.
300, rue Arran, Saint-Lambert (Québec) J4R 1K5
Téléphone : (514) 875-0327
Télécopieur : (514) 672-5448
Courrier électronique : heritage@mlink.net

FRISSONS^{MC} est une marque de commerce des éditions Héritage inc.

Chapitre 1

Dès la première note émise par le radio-réveil, Marlie Paradis est parfaitement éveillée. Elle sourit. Ses parents sont convaincus qu'elle ne se lèvera jamais si tôt le premier jour de la semaine de relâche. C'est qu'ils n'ont jamais compris l'obsession de Marlie pour le ski. Pour une semaine de ski au mont Glacier, elle se lèverait allègrement à quatre heures pendant toute une année !

Elle tâtonne dans l'obscurité, trouve le bouton et réussit à faire taire la sonnerie de l'appareil. À l'autre bout de la chambre, sa jeune sœur Amanda se retourne en marmonnant dans son sommeil.

Marlie saute du lit. Le plancher de bois franc est frais sous ses pieds. Elle avance avec précaution dans le noir jusqu'à la chaise où elle a déposé ses vêtements la veille. Elle retire sa chemise de nuit et la lance sur son lit, se glisse dans ses jeans et enfile un sweat-shirt.

En hésitant, elle se dirige vers la commode. Ses doigts finissent par palper la brosse à cheveux parmi le fouillis qui se trouve sur le meuble. Plissant les yeux pour tenter de se voir dans le miroir, elle passe la brosse dans ses cheveux auburn qui lui arrivent au menton. Elle aimerait bien pouvoir allumer.

«Encore un été, se dit Marlie. Il faut que je réussisse à passer à travers l'été qui vient. Ensuite, je serai libre.» Dans quelques mois, elle ira au cégep. Elle a hâte de quitter la maison, de quitter le secondaire, de faire sa vie. Elle sourit de nouveau et aperçoit à peine la réflexion de ses dents blanches dans le miroir.

Son sac de voyage est là où elle l'a laissé, près de la porte. Elle le saisit de la main gauche. Le sac est lourd, rempli de vêtements pour une semaine. Marlie doit se pencher sur la droite pour compenser. Elle ouvre la porte et pénètre dans le couloir en chancelant.

Ses skis et ses bâtons l'attendent au haut de l'escalier. Les skis étant plus grands qu'elle, les équilibrer sur son épaule relève de l'exploit. Son gros sac encombrant à la main, elle titube dans le couloir, ses skis décrivant de grands cercles dans les airs derrière elle.

Au moment où Marlie se retourne pour descendre l'escalier, ses skis viennent cogner contre le mur. La jeune fille grimace et retient son souffle, se demandant si le bruit a réveillé ses parents. Comme tout semble calme, elle commence à descendre.

Deux marches plus bas, ses skis frappent le mur une seconde fois. Cette fois, Marlie ralentit et descend tout doucement jusqu'en bas.

Elle dépose son sac de façon à pouvoir ouvrir la porte d'entrée. Elle sort dans l'air frais du petit matin et referme silencieusement la porte derrière elle. Des étoiles brillent encore au firmament mais, à l'est, le ciel commence à se teinter de gris et de rose. Un quartier de lune flotte entre des nuages vaporeux et donne des reflets argentés au gazon couvert de rosée. Marlie traverse la pelouse, laissant derrière elle une série d'empreintes. Elle pose son sac sur le trottoir et se prépare à attendre.

L'attente ne dure pas longtemps. Marlie entend un crissement de pneus au coin de la rue et les phares d'une voiture balaient bientôt la chaussée déserte. Une Mustang bleue, qui paraît plutôt noire dans le clair de lune, vient s'arrêter devant la maison des Paradis. Laura Bolduc ouvre sa portière et s'extirpe de l'automobile.

— Bonjour! fait joyeusement Marlie.

— Ce n'est pas encore le jour, réplique Laura en arquant le dos et en s'étirant. Le soleil n'est même pas levé. Allez Marlie, embarquons tes skis.

Marlie n'a pas fait deux pas vers Laura que sa bouche s'ouvre d'étonnement.

— Laura! Qu'est-ce que tu as fait à tes cheveux?

Laura passe la main sur sa nuque et ses doigts rencontrent la surface lisse de sa peau nue. Ses cheveux noirs sont coupés court à l'arrière et sur les côtés et une épaisse frange lui retombe sur le front.

— Qu'est-ce que tu en dis?

— Ça te va bien, répond Marlie après avoir étudié son amie pendant un moment. Ça fait vraiment ressortir ton visage. Mais quel choc! Tu as les cheveux longs depuis la deuxième année.

— Ouais, eh bien, disons qu'il est à peu près temps de faire quelques petits changements.

Laura fait le tour de la voiture et vient s'emparer des skis de Marlie. Plus grande que son amie d'une bonne tête, Laura manœuvre les skis sans problème. Elle les glisse sous un réseau de cordes et de courroies qui tisse un filet sur le toit de la Mustang.

— Tu es sûre que ton truc va tenir? demande Marlie d'un air sceptique.

— Certaine. J'y ai mis mes skis aussi.

— O.K. Pourvu que les miens ne se retrouvent pas quelque part au beau milieu de l'autoroute.

Laura ouvre le hayon et y lance le sac de Marlie. Elle l'entasse avec ses propres bagages et doit s'y reprendre à deux fois pour refermer la porte. Au moment où elle y parvient, une lumière s'allume au deuxième étage de la maison.

— Sauvons-nous, dit doucement Laura.

Marlie ouvre la portière et esquisse un geste pour monter dans la voiture, mais une autre lumière apparaît dans la maison. Elle redescend de la voiture.

— Où vas-tu ? lui demande brusquement Laura en fouillant pour trouver ses clés.

— Ça doit être mon père, réplique Marlie, surprise de la tension qui perce dans la voix de son amie. Il veut probablement...

— Monte, siffle Laura entre les dents.

— Mais...

— Vite !

Le ton de Laura est si autoritaire que Marlie monte dans la voiture sans discuter. Elle s'assoit et claque la portière. Quelques secondes plus tard, Laura met le contact. La Mustang bondit en rugissant juste au moment où la porte de chez Marlie s'ouvre.

Jetant un regard en arrière, Marlie voit une silhouette s'avancer sur le portique.

— Vas-tu m'expliquer ce qui se passe ? demande-t-elle.

— Vas-tu m'expliquer ce qui se passe ? fait Laura à son tour.

Elle a la fâcheuse habitude d'éviter les questions en les répétant, ce qui tape royalement sur les nerfs de Marlie.

— Pourquoi es-tu si pressée de partir ? demande Marlie. Je suis certaine que mon père voulait simplement me faire un petit discours du genre : Sois prudente, bla bla bla.

Laura passe les vitesses de la Mustang en catastrophe et prend le virage si rapidement que Marlie est projetée contre la portière. Les pneus arrière perdent leur mordant sur l'asphalte et la voiture se met à déraper en tous sens. Laura fait une manœuvre et parvient à la stabiliser.

— Tu veux nous tuer ou quoi? s'écrie Marlie, les doigts crispés sur son siège. Qu'est-ce qui te prend?

— Je ne voulais pas parler à ton père. Je suis sûre qu'il vient de recevoir un coup de fil de mon paternel, fait Laura.

Le feu de circulation devient rouge et Marlie est soulagée de voir son amie immobiliser la voiture.

— Et alors? Qu'est-ce qu'il lui voulait?

Laura se tourne vers elle. Même dans la faible lueur, ses yeux noirs sont pétillants.

— Juste l'avertir que je n'ai pas la permission de faire ce voyage.

— Quoi? s'exclame Marlie, bouche bée pour la seconde fois ce matin. Pourquoi dirait-il une chose pareille? J'étais là quand il t'a donné la permission. Ça fait des mois qu'on se prépare!

Une voiture klaxonne et les deux jeunes filles lèvent les yeux. Le feu est vert. Sans doute depuis un petit moment.

— C'est à cause de mes notes, raconte Laura en accélérant.

— Mais tes notes sont excellentes. Je ne me rappelle pas la dernière fois où tu as eu un *B*.

— Pas mes notes scolaires, celles de mes examens d'admission.

— Il me semblait que ça avait bien été.

— Mais voyons ma chère, réplique Laura en imitant l'accent pincé de son père, bien, ce n'est pas suffisant. L'excellence! Rien de moins qu'il veut le pater.

— Je ne comprends pas. Avec tes notes, tu peux entrer à l'université de ton choix.

— Ouais, mais mon choix, ce n'est pas le choix de mon père.

Laura s'engage sur la rampe d'accès qui mène à l'autoroute. Même à cette heure, en plein samedi matin, celle-ci grouille de camions et d'autos. Derrière elles, le soleil pointe à l'horizon et une lumière orangée se reflète dans les vitres et les chromes des véhicules.

Marlie observe son amie qui se concentre sur la route. Elle a toujours admiré sa beauté et sa maturité. Avec sa grande taille et sa silhouette épanouie, elle passe facilement pour une étudiante du cégep. Marlie, elle, n'a pas grandi d'un centimètre depuis l'âge de douze ans. Et bien qu'elle en ait maintenant dix-huit, on la prend souvent pour une fille de deuxième secondaire.

Contrairement à Laura qui n'a jamais manqué de *chums*, Marlie a connu très peu de garçons et est passée pratiquement inaperçue pendant tout le secondaire. Laura, elle, faisait partie de plusieurs équipes sportives, était élue au conseil étudiant presque chaque année et s'occupait de plusieurs clubs.

Et puis il y a l'argent. Les parents de Marlie ne sont pas pauvres, loin de là. Ils ont une jolie maison et tout le reste. Mais la famille de Laura possède une immense demeure, la jeune fille change régulièrement de voiture et renouvelle sans arrêt sa garde-robe. Laura est riche.

Il serait facile d'envier Laura si ce n'était de son père. Depuis le temps qu'elle connaît monsieur Bolduc, Marlie ne se rappelle pas l'avoir vu sourire une seule fois. Peu importe ce que fait Laura, ce n'est jamais assez bien pour lui. Chaque fois qu'elle obtient un *A*, il exige un *A*+. Quand elle a réussi à se tailler une place de meneuse de claque, il voulait qu'elle soit meneuse en chef. Lorsqu'elle faisait partie de l'équipe de volley-ball, il aurait fallu qu'elle soit la vedette de l'équipe.

— Qu'est-ce qu'on va faire, maintenant? demande Marlie.

— Qu'est-ce que tu veux dire?

— Bien, on ne peut pas faire deux jours de route pour aller faire du ski sans permission.

— Pourquoi pas? rétorque Laura d'un ton qui inquiète Marlie.

— Pour commencer, on va se faire tuer en revenant.

— Mon père ne peut pas être plus fâché qu'il ne l'est déjà, fait Laura avec un petit rire étranglé.

— Peut-être, mais le mien ne l'est pas encore.

— Tu n'as qu'à ne pas lui dire.

— Ne pas lui dire quoi? demande Marlie en fronçant les sourcils.

— Que tu savais que je n'avais pas la permission d'y aller, répond Laura en appuyant sur l'accélérateur pour dépasser une file de véhicules. Il ne peut pas se fâcher après toi si tu ne savais pas que tu faisais quelque chose de mal.

Marlie réfléchit un moment puis secoue la tête.

— Ça ne marchera pas. Je dois lui téléphoner dès notre arrivée. Et il va certainement me dire de rentrer dare-dare.

— Et si tu oublies d'appeler ?

— Il va mettre la Gendarmerie royale à nos trousses. Il m'a fait promettre de téléphoner chaque jour.

— On pourrait lui dire que le téléphone était en panne.

— Ça pourrait marcher pour le premier soir, fait Marlie, mais après ?

— Est-ce que je sais ? s'impatiente Laura en frappant sur son volant.

La jeune conductrice ferme les yeux. Un peu inquiète, Marlie résiste à la tentation de saisir le volant. Mais la voiture demeure dans sa trajectoire et Laura ouvre enfin les yeux.

— Je ne sais pas, reprend-elle plus doucement, mais je vais trouver une solution d'ici là.

— Je ne pense pas que ce soit une bonne idée, Laura, dit Marlie en posant la main sur le bras de son amie. Tu sais combien je tiens à ce voyage, mais je crois que la meilleure chose à faire est de rebrousser chemin. Peut-être qu'en négociant avec ton père, on va réussir à le faire changer d'idée.

— Il ne changera jamais d'idée, réplique la jeune fille, les yeux rivés sur la route.

— Laura...

— Non. Si tu veux que je te ramène à la maison, pas de problème. Mais moi, j'y vais.

Marlie se mord la lèvre en songeant à la meilleure chose à faire. Si elle retourne à la maison, elle n'aura pas de problème mais Dieu sait ce que Laura est capable de faire. Avec l'humeur qu'elle a, Marlie ne doute pas un instant qu'elle va faire le voyage toute seule. Et rien ne garantit qu'elle reviendra.

— O.K., fait-elle finalement. J'y vais aussi. Je pense encore que c'est une mauvaise idée, mais j'y vais.

— Merci, Marlie. On va s'amuser, tu vas voir.

— Ouais, j'espère. Mais c'est certain qu'ils vont nous obliger à revenir à la maison à la minute même où on va arriver à destination.

— Je connais une ou deux routes très intéressantes et très tortueuses qui mènent au mont Glacier, fait Laura en souriant. Si on n'a pas besoin d'appeler ton père avant d'arriver là-bas, notre trajet risque d'être un peu plus long que prévu.

— Pourvu que tu n'essaies pas de passer par Tombouctou, rigole Marlie. Ça serait un peu difficile à expliquer.

— Non, mais on pourrait aller en Floride, comme je le voulais au début, réplique Laura, sa colère dissipée. De toute façon, on aura au moins fait le voyage. J'adore conduire.

— Heureusement, parce que moi, je déteste ça, fait Marlie en examinant les stations-services et les centres commerciaux qui s'entassent le long des sorties de l'autoroute. Combien de temps est-ce que ça va prendre... si on ne passe pas par Tombouctou ?

— Une vingtaine d'heures de route, je dirais. Si on conduit sans arrêt, on devrait y être demain dans la journée.

Marlie pousse un soupir. Vingt heures ! Sans compter les arrêts pour dormir et manger. Et la même chose pour revenir. Un sacré long trajet juste pour se faire engueuler en arrivant.

— Promets-moi une chose, d'accord ?

— Quoi ?

— Promets-moi que quoi qu'il arrive, je vais faire au moins une descente à skis.

Laura lève la main droite, tel un témoin à la barre.

— Je jure solennellement que Marlie Paradis ne finira pas sa semaine de relâche sans avoir eu la chance de faire du ski.

— Super ! fait Marlie. Maintenant, peu importe ce qui arrive, ça vaut le coup.

Chapitre 2

Marlie se réveille en sursaut. Elle rêvait qu'elle tombait. Elle entend de la musique et tâtonne maladroitement dans le vide pour essayer d'éteindre son radio-réveil. Ses doigts rencontrent la surface lisse d'une vitre. Elle cligne des yeux et repousse une mèche de cheveux de son visage.

Puis elle se rappelle où elle se trouve : dans l'auto de Laura, en route pour le mont Glacier. Elles ont déjà franchi la frontière en direction des États-Unis il y a quelques heures.

— Ça va ? lui demande Laura.

— Oui. Mais dormir en voiture m'a toujours un peu abrutie.

Marlie se redresse et admire le paysage qui s'étend le long de la route. Dans les champs, les nouvelles pousses de blé d'un vert brillant commencent à poindre dans la riche terre noire. Le ciel est sombre et ça n'a pas l'air plus encourageant au loin.

— Qu'est-ce qu'on annonce comme temps ?

Une tempête ?

— Non.

— Pourtant, on dirait qu'il y en a toute une qui se prépare. Ça m'étonne que la radio n'en ait pas parlé.

— J'écoutais une station de musique, alors...

Quelques secondes plus tard, de grosses gouttes de pluie viennent s'écraser contre le pare-brise de la Mustang. Marlie appuie le front sur la vitre du côté et examine le ciel. Les nuages noirs roulent dangereusement.

— Wow ! Ce n'est pas joli du tout.

Pendant les quelques minutes qui suivent, le vent et la pluie redoublent d'intensité. Le ciel s'assombrit à tel point qu'il est difficile de croire que le soleil n'est pas couché. Laura ralentit à peine, même lorsqu'elle commence à doubler des voitures qui se sont rangées sur l'accotement en attendant la fin de l'orage.

— Tu es sûre que ça va bien ? demande Marlie.

— Je vois encore. Mais il ne faudrait pas que ça se gâte plus que ça.

Elle n'a pas terminé sa phrase qu'un bruit de tôle se fait entendre.

— Qu'est-ce que c'est ?

Un autre coup retentit, suivi d'un craquement sec au moment où quelque chose s'abat sur le pare-brise. Marlie a le temps de voir une boule blanche glisser le long du capot avant d'aller en rejoindre d'autres le long de la route.

— C'est de la grêle ! s'écrie-t-elle. De vraies balles de golf !

— Oh non ! Ma bagnole va être toute cabossée ! gémit Laura.

Un autre bang retentit sur le toit, puis un autre encore sur le capot. Marlie scrute l'épais voile de pluie et de grêle balayées par le vent.

— On dirait qu'il y a un viaduc là-bas. Si on peut s'y abriter...

— Génial ! fait Laura, penchée sur son volant, toute son attention concentrée sur la route qu'elle a de plus en plus de difficulté à apercevoir.

Le bruit que fait la grêle sur la tôle s'amplifie à tel point que Marlie a l'impression de se trouver dans une machine à maïs soufflé. Assourdissant.

Soudain, apparaît la silhouette du viaduc. Le tapage prend brusquement fin à la seconde même où l'auto se glisse sous l'abri, comme si quelqu'un venait de couper le son d'un stéréo.

Laura se range sur le bas côté et les deux jeunes filles restent muettes le temps de reprendre leur souffle. Marlie respire si fort qu'elle a l'impression d'avoir poussé elle-même la voiture sur le dernier kilomètre.

— Regarde-moi le capot, fait Laura.

Marlie examine le devant de l'auto et aperçoit des dizaines de petits cratères dans la tôle du capot. Elle ouvre sa portière et sort de la Mustang. Laura l'imite.

— Ce n'est pas si mal, dit Marlie.

— Pas si mal ? On dirait une gaufre !

— Quand le soleil va reparaître, la chaleur va probablement redresser tout ça.

Soudain, un éclair illumine le ciel et le tonnerre retentit sous le viaduc comme une véritable bombe. Laura et Marlie sursautent. Marlie aperçoit les yeux de son amie, ronds et blancs sur fond de bronzage. Laura la fixe un moment, puis éclate de rire.

— Qu'est-ce que tu as ? demande Marlie.

— C'est... c'est juste... hoquette-t-elle en essayant de réprimer son fou rire. Tu étais si drôle... les yeux sortis de la tête et tout !

— T'es dingue Laura, fait Marlie en secouant la tête.

— Je sais.

Laura parvient tout juste à ravaler un dernier rire qu'un autre grondement de tonnerre fait trembler le sol sous leurs pieds. Quelque part au loin, la plainte stridente d'une sirène se fait entendre.

— Qu'est-ce que c'est ? Un camion de pompiers ? Un incendie allumé par la foudre ?

— Je ne crois pas, réplique Marlie après un moment. Je pense plutôt que c'est une alerte météorologique annonçant une tornade.

— Super ! fait Laura en renversant la tête pour observer le ciel. C'est un signe du destin, ou quoi ? En tout cas, destin ou pas, moi je fais ce voyage, un point c'est tout !

Un éclair zèbre de nouveau le ciel et les deux amies sursautent.

— Au moins, je ne vois pas de tornade à l'horizon, remarque Marlie.

Appuyées sur la voiture, les deux jeunes filles observent la grêle qui rebondit sur l'autoroute au-delà du viaduc. De temps en temps, une bourrasque entraîne la pluie jusqu'à leurs pieds et elles grimacent chaque fois qu'un coup de tonnerre déchire l'air environnant. Une voiture file soudain à toute allure et elles ont à peine le temps de l'apercevoir qu'elle est déjà disparue derrière le rideau de pluie et de grêle.

— Ça alors ! Lui, il est pressé, fait Marlie.

— Oui, et il ne se préoccupe pas beaucoup de son auto non plus, ajoute Laura.

Quelques minutes plus tard, l'orage commence à diminuer d'intensité et la plainte lointaine de la sirène s'estompe. La grêle s'arrête enfin, remplacée par une petite pluie fine. La plus grande partie de l'orage semble s'être déplacée vers l'est, laissant à l'ouest un ciel gris, annonciateur de jours pluvieux.

— Penses-tu qu'on devrait y aller ? demande Marlie.

— J'imagine que oui, répond Laura en ouvrant la portière avant de se glisser derrière le volant.

— Laura, dit doucement Marlie.

— Quoi ? fait son amie en passant la tête par la porte ouverte.

— Peut-être qu'on devrait retourner à la maison. Je trouve que le voyage ne commence pas très bien. Et avec ton père et tout, peut-être que c'est vraiment un signe.

Laura se passe la main dans les cheveux. Marlie se rend bien compte que la détermination dont faisait preuve son amie ce matin a été minée par l'orage. Mais Laura finit par secouer la tête.

— Non, on continue.

— Tu es certaine qu'on devrait?

— Naturellement. Attends, tu vas voir, poursuit-elle. Il va nous arriver de très belles choses, très bientôt.

La pluie a rempli les fossés de chaque côté de la route et les a transformés en rivières. De vert qu'ils étaient, les champs sont passés au brun sale. Marlie remarque des arbres tombés derrière une maison blanche et un camion embourbé dans les nids de poule inondés d'un chemin de terre.

Les deux jeunes filles n'ont fait que quelques kilomètres lorsqu'elles aperçoivent une auto verte, garée sur l'accotement. Il s'agit d'un vieux modèle et il est criblé de marques de grêle. Le capot est ouvert et, au moment où elles passent à sa hauteur, une silhouette leur fait de grands signes de la fenêtre du conducteur.

Laura ralentit et se retourne pour examiner de nouveau la voiture.

— Ce ne serait pas l'auto qui est passée en trombe pendant qu'on était sous le viaduc?

— Je ne suis pas sûre, répond Marlie. Ça se peut.

Laura se range sur le côté puis met la Mustang en marche arrière.

— Allons voir quel est le problème.

— Pourquoi ne pas prendre la prochaine sortie et envoyer quelqu'un le dépanner ? demande Marlie. Ce n'est peut-être pas très prudent de s'arrêter ici, au beau milieu de nulle part.

— Voyons, Marlie. Si on veut qu'il nous arrive de bonnes choses, il faut qu'on commence par faire de bonnes actions, comme les scouts, non ?

— Quand tu le dis, ça se tient, acquiesce Marlie. Mais allons faire nos B.A. ailleurs, O.K. ?

Laura continue de reculer. L'auto verte réapparaît à travers le voile de pluie fine et le conducteur en descend avant de se diriger vers elles en joggant. Laura baisse sa vitre pendant qu'il s'approche.

— Merci de vous être arrêtées, dit le jeune homme. J'avais peur de rester coincé ici pendant des heures.

De son siège, Marlie ne le distingue pas très bien. Un menton saillant, des boucles foncées, des dents d'un blanc éclatant entre des lèvres souriantes. C'est tout. Mais elle n'a pas besoin d'en apercevoir davantage pour savoir de quoi il a l'air ; l'attitude de Laura en dit long.

Laura rejette la tête en arrière et affiche un sourire de chatte.

— On veut juste rendre service, roucoule-t-elle d'une voix qui a soudainement baissé d'un octave. Voulez-vous qu'on envoie quelqu'un vous chercher ?

Ou préférez-vous monter avec nous jusqu'à la prochaine station-service ?

— Je ne voudrais pas vous déranger...

— Ça ne nous dérange pas du tout. Allez, montez.

— Merci, fait le gars. Donnez-moi une seconde pour verrouiller l'auto et prendre quelques affaires. Je reviens tout de suite.

L'étranger tourne les talons et s'éloigne sur la route mouillée.

— Je persiste à croire que c'est une mauvaise idée, dit Marlie.

— L'as-tu bien regardé ? demande Laura en haussant un sourcil.

— Pas vraiment.

— Attends de le voir.

— Écoute, fait Marlie. Je suis sûre qu'il est beau comme un cœur, mais est-ce qu'on ne ferait pas mieux de lui envoyer de l'aide ? Tu sais bien qu'il n'est pas prudent de faire monter des inconnus à bord.

— Relaxe ! C'est seulement jusqu'à la prochaine sortie.

Marlie ouvre la bouche pour protester mais elle est interrompue par un grattement à sa fenêtre. Elle se retourne pour se rendre compte que c'est le gars qui l'observe.

De prime abord, Marlie trouve que Laura se trompe : ce gars-là n'a rien de spécial. Il est plutôt ordinaire. Il semble avoir le même âge qu'elles, ou peut-être légèrement plus vieux. Il porte un blou-son d'équipe sportive pâli par le soleil sur une charpente bien bâtie. «D'accord, se dit-elle, il n'est pas mal, mais rien pour se pâmer.» C'est alors qu'elle remarque ses yeux.

Ses yeux sont bleus. Mais pas du bleu qu'on voit habituellement. Non. D'un bleu si incroyable-ment profond qu'on dirait des saphirs. Des yeux qui lui mangent le visage.

Sans plus réfléchir, Marlie ouvre la portière et sort sous la bruine. Elle est nerveuse, comme si le gars allait l'inviter à sortir au lieu de simplement monter avec elles pour quelques kilomètres.

— Euh... la banquette arrière est pas mal petite, fait-elle. Je ferais mieux d'y aller.

— Non, réplique l'étranger. C'est gentil de votre part de me dépanner. Je ne vais tout de même pas vous déloger de votre siège. Je serai très bien à l'arrière.

Marlie s'éloigne un peu pendant qu'il avance le dossier du siège et se glisse sur la minuscule ban-quette arrière de la Mustang.

— Vous êtes certain de ne pas être trop coincé? demande-t-elle en reprenant sa place à l'avant.

— C'est parfait, répond-il en lui faisant un sourire étincelant avant de se pencher vers Laura. Merci encore d'être venues à ma rescousse. Je l'apprécie énormément.

— Ce n'est rien, rétorque Laura. Vous avez pris tout ce qu'il vous fallait dans votre voiture?

— J'ai tout ce qu'il me faut là-dedans, fait-il en tapotant le sac de cuir qu'il tient encore à la main.

— Alors, allons-y!

Laura appuie sur l'accélérateur et passe les vitesses avec dextérité. La pluie a suffisamment diminué pour que la conductrice puisse mettre les essuie-glaces au cycle intermittent. Au loin, une pâle lueur orangée à la base des nuages indique que le soleil se prépare à se coucher.

— Je m'appelle Francis, dit le jeune homme comme ils s'éloignent de la voiture verte. On se tutoie?

Marlie pense que sa voix a quelque chose d'inhabituel. Un drôle d'accent. Quoi qu'il en soit, Marlie est mal à l'aise.

— Salut, Francis, moi, c'est Laura, fait la jeune fille en étirant la main droite vers l'arrière pour échanger une petite poignée de main.

— Et moi, Marlie.

Elle se retourne et lui tend la main. Francis la prend et la tient longtemps entre ses doigts, les doigts forts et légèrement rugueux de quelqu'un qui travaille dur.

— Vous êtes en vacances les filles?

— Comment as-tu deviné? demande Laura.

— Semaine de relâche?

— Ouais, répond-elle. Toi aussi?

— En plein dans le mille. Vous êtes à quel cégep?

— On n'est pas encore au cégep, réplique Marlie. On finit le secondaire cette année.

Laura la foudroie du regard et Marlie réalise qu'elle vient de détruire l'image que son amie s'applique à construire depuis plusieurs minutes.

— Il ne nous reste qu'un mois, ajoute-t-elle pour se rattraper.

— Wow! Je n'aurais jamais deviné que vous étiez encore au secondaire. Vous avez l'air plus matures que ça.

Marlie sent le rouge lui monter aux joues et elle espère que ça ne se voit pas. Elle sait très bien qu'il parle de Laura. Personne n'a jamais pensé que Marlie faisait plus vieille que son âge. Plus jeune, oui. Mais plus vieille, jamais.

— Et toi, demande Laura. Es-tu au cégep?

— Je viens de finir un cours prémédical, répond Francis. Je suis supposé commencer ma médecine en septembre, mais je ne sais pas encore où.

Marlie est étonnée. Elle n'aurait jamais cru Francis assez vieux pour avoir terminé le cégep. De plus, ses vêtements, sa voiture et ses mains rugueuses ne correspondent pas du tout à l'idée qu'elle se fait d'un étudiant en médecine. Mais peut-être a-t-il eu une bourse d'études? Ou peut-être ont-elles affaire à un de ces petits génies qui sautent des années et commencent le cégep très jeunes. Finalement, Marlie se dit que, tout comme elle, il paraît simplement plus jeune que son âge.

— Tu as des plans pour le cégep, Laura? demande le jeune homme.

— S'il n'en tenait qu'à moi, j'irais au cégep local où vont tous mes amis. Mais mon père ne veut rien entendre. Il veut m'envoyer dans une espèce de collège privé très huppé.

Laura continue à parler de son père et de tout ce qu'elle doit endurer à cause de lui. Francis se contente d'écouter, émettant un commentaire ou posant une question de temps à autre. Il a l'air suspendu aux lèvres de la jeune fille.

Marlie se sent exclue. Elle essaie d'entrer de nouveau dans la conversation, mais Laura est lancée et son amie n'arrive pas à placer un mot. Elle appuie le front contre la vitre froide et regarde défiler le paysage campagnard dans la lumière tamisée du crépuscule.

Quelques minutes plus tard, ils aperçoivent une sortie et, quelques mètres plus loin, un relais routier.

— Regardez, fait Marlie. On va sûrement trouver une dépanneuse à cet endroit.

Laura interrompt son histoire et observe le relais routier.

— Je ne sais pas. Probablement qu'ils ne veulent rien savoir d'un véhicule qui compte moins de dix roues. Je gage qu'ils n'ont même pas de dépanneuse.

— On ferait quand même mieux d'aller voir, reprend Marlie. On doit déjà être à une vingtaine de kilomètres au moins de l'auto de Francis. Si on continue, ça va lui coûter une fortune pour la faire remorquer.

— Marlie a raison, dit Francis. On ferait mieux de s'arrêter.

Laura serre les dents sans répondre. Elle acquiesce d'un signe de tête et s'engage dans la sortie. Une dizaine de semi-remorques s'entassent autour des pompes à essence et des aires de lavage. Laura se faufile entre les géants de métal pour se diriger vers la station-service. À l'entrée, elle remarque un petit restaurant.

— Pourquoi ne pas en profiter pour manger d'abord une bouchée? suggère-t-elle. Ça fait des heures qu'on ne s'est pas arrêtés.

Marlie n'a pas envie de manger dans cet endroit. La brique blanche de la bâtisse est couverte d'éclaboussures de boue laissées par les camions et l'intérieur n'a guère l'air plus invitant. Mais elle voit bien que Laura désire seulement passer quelques minutes de plus avec Francis.

— O.K., dit-elle. Bonne idée.

Tous trois descendent de voiture et Marlie en profite pour s'étirer, et tenter d'assouplir ses bras et ses jambes après ces longues heures passées dans l'auto.

— Entrons, fait Laura.

Marlie approuve et suit Laura et Francis à l'intérieur. Les trois jeunes s'installent sur une banquette et la serveuse arrive bientôt pour prendre leur commande.

— Un hamburger et des frites, fait Laura sans même jeter un coup d'œil au menu.

— La même chose pour moi, dit Francis.

Marlie parcourt le menu à la recherche d'un plat qui ne baigne pas dans la graisse.

— Est-ce que je pourrais avoir une salade verte ? demande-t-elle.

— Bien sûr, réplique la serveuse tout en notant leur commande sur son calepin. Je reviens tout de suite.

Pendant qu'elle s'éloigne, Francis se lève.

— Pendant qu'on attend, je vais aller m'informer au sujet de la dépanneuse, O.K. ?

— D'accord, répond Laura. Tu veux que j'aille avec toi ?

— Ce n'est pas la peine. Attendez-moi ici, ce ne sera pas long.

Le jeune homme se dirige vers la porte et se retourne pour leur adresser son fameux sourire.

— Alors, qu'est-ce que tu en penses ? demande Laura dès qu'il a franchi la porte.

— À quel propos ?

— Bien, tu sais. À propos de Francis.

Marlie saisit une salière en forme de petit camion et la retourne dans sa main.

— Je ne sais pas. Il est beau.

— Il est plus que beau, rétorque Laura. Beaucoup plus. Et puis, c'est un étudiant en médecine.

— Ouais, il est super. Et puis après ? Nous, on s'en va au mont Glacier et lui... on ne sait pas trop où.

— Tu as raison. On ne connaît pas sa destination, fait Laura en fronçant les sourcils. On n'en a pas parlé. Je suis curieuse de savoir où il va.

— Bonsoir, fait une voix.

Marlie lève les yeux. Un conducteur de camion se tient devant leur table. Un mètre quatre-vingts, les épaules musclées, il porte une casquette de baseball et fixe Laura.

— Je t'emmène où tu veux, ma petite.

Laura a l'air déroutée.

— On a notre voiture, merci, réplique Marlie, comprenant que Laura, figée de stupeur sur son siège, ne répondra pas.

L'homme pose son regard sur Marlie et l'examine de la tête aux pieds.

— Je ne t'ai pas parlé, fillette, dit-il avant de se tourner de nouveau vers Laura. Allez, bébé, viens faire un tour avec moi.

Tout en parlant, il pose une grosse main sur l'épaule de Laura.

— Débarrasse ! fait soudain la voix de Francis derrière les jeunes filles.

— Toi, mêle-toi de tes affaires, fait l'homme en se retournant, l'air mauvais.

— Ces jeunes filles sont avec moi, poursuit le jeune homme. Laura, Marlie, venez, on s'en va.

— Une petite minute, espèce de...

Le poing de Francis part sans avertissement et vient frapper l'homme en pleine poitrine. Ses yeux s'agrandissent de stupeur et il recule en vacillant.

— Allez les filles, on va emporter notre repas et le manger en route, dit le jeune homme d'une voix très calme, une lueur dangereuse dans les yeux.

Le camionneur réussit difficilement à reprendre son souffle. Il tousse et crache.

— Je vais te...

Francis le frappe de nouveau. Cette fois l'homme s'écroule comme une marionnette.

— Est-ce qu'il est blessé? s'inquiète Marlie.

— Il ira mieux dans quelques minutes, lui répond Francis. Je l'ai juste frappé dans le *maxus* solaire. Allons-nous-en. Il n'y a pas de dépanneuse ici de toute façon. Oublions aussi la bouffe. On arrêtera ailleurs.

Il tend la main à Laura qui s'en saisit aussitôt. Elle se lève et suit le jeune homme jusqu'à la sortie avant de se retourner vers sa copine.

— Alors, tu viens, Marlie?

— Oui, oui. J'arrive tout de suite.

La jeune fille les suit des yeux pendant qu'ils sortent du restaurant puis son regard bifurque vers le chauffeur de camion. Elle se sent soulagée lorsqu'il se met à gémir et qu'il se retourne sur le côté.

Arrivée à la porte, Marlie observe Francis. Elle n'a peut-être que des notions de biologie de niveau secondaire, mais elle sait très bien que l'endroit où Francis a frappé le camionneur s'appelle le *plexus* solaire, et non pas le *maxus* solaire.

«Comment un gars qui vient de finir une année prémédicale peut-il faire une erreur comme celle-là?» se demande-t-elle. Incapable de répondre, elle pousse la porte et se dirige vers l'auto.

Chapitre 3

— Désolé de vous faire courir à gauche et à droite comme ça, s'excuse Francis.

— Tu veux rire ? répond Laura. À la façon dont tu t'es occupé du gars, au relais routier, tu mérites une médaille !

— C'est vraiment dommage que ce soit arrivé, reprend-il. Vous savez, la plupart des camionneurs sont vraiment *cool*. Ce serait dommage que cet incident vous donne une mauvaise opinion d'eux.

— Penses-tu que le prochain garage va avoir une dépanneuse ? demande Marlie.

— C'est ce qu'ils ont dit au dernier endroit où on s'est arrêtés.

Depuis qu'ils ont quitté le relais routier, ils se sont arrêtés trois fois le long de l'autoroute. Au dernier endroit, il y avait même une dépanneuse dans la cour, mais Francis est revenu en disant qu'elle était en panne. L'auto de Francis se trouve maintenant à une soixantaine de kilomètres derrière eux et Marlie se demande s'ils trouveront jamais un garagiste qui acceptera de s'occuper de sa bagnole.

— En fin de compte, Francis, tu ne nous as pas encore dit où tu allais, fait Marlie d'un ton interrogateur.

— Je vais juste rendre visite à des amis, dans l'Ouest.

La jeune fille attend des précisions qui ne viennent pas.

— Ça a l'air intéressant. Où ça?

— Ici et là, réplique-t-il de manière évasive. Hé! Voilà notre sortie.

Cette fois, la sortie est jalonnée de restaurants-minute et de motels miteux. Il s'y trouve deux stations-services, mais ni l'une ni l'autre n'est équipée d'un garage et aucune trace d'un service de dépannage nulle part.

— Tu es certain qu'on est au bon endroit? demande Marlie.

— J'ai suivi les directives à la lettre, rétorque le jeune homme.

— Ils ont dû te donner les mauvaises indications au dernier garage, ajoute Laura. Est-ce qu'on devrait continuer jusqu'à la prochaine sortie?

Marlie grogne intérieurement. Elle se fiche éperdument que ce gars-là ait une allure de star et que Laura en soit entichée. Il a quelque chose d'étrange qu'elle n'aime pas et la jeune fille a hâte qu'il quitte la voiture.

— Attends, dit Francis. Je viens d'avoir une

idée. Dirige-toi vers cette station-service.

— Laquelle?

— Celle qui a un dépanneur.

Laura s'avance dans le stationnement et s'arrête près des pompes à essence.

— Pendant qu'on est là, on ferait aussi bien de faire le plein, dit-elle. Qu'est-ce que c'est, ton idée?

— Le Club automobile, répond le jeune homme. J'ai leur carte dans ma poche. Je n'ai qu'à les appeler pour qu'ils envoient quelqu'un chercher mon auto. C'est bête de ma part de ne pas y avoir pensé plus tôt.

— Super! s'exclame Laura. Veux-tu qu'on te dépose quelque part?

— Je vais te le dire dès que j'aurai appelé. Et ne t'en fais pas pour l'essence. Je m'en occupe.

Marlie sort de la voiture pour délivrer Francis de la banquette arrière. Elle le regarde se diriger vers une rangée de téléphones, sur le côté de la bâtisse. Il sort un portefeuille de la poche arrière de ses jeans, jette un coup d'œil à l'intérieur, puis se met à composer un numéro.

— Enfin! On va pouvoir faire notre voyage en paix, soupire-t-elle.

Laura, qui est en train de faire le plein de la Mustang, observe son amie d'un air intrigué.

— Pourquoi es-tu si pressée. Je l'aime bien, Francis. Pas toi?

— Ouais, si on veut.

— Qu'est-ce qu'il y a, Marlie, demande-t-elle.

Tu agis comme si Francis était un monstre à trois têtes.

— Je n'en sais rien, fait Marlie en haussant les épaules.

Elle se secoue pour essayer de se débarrasser de sa mauvaise humeur. Elle veut retrouver le sentiment d'exaltation qu'elle avait au début de la journée.

— Poursuivons notre voyage. Demande-lui son numéro de téléphone ; comme ça, tu pourras le rejoindre plus tard. Mais pour le moment, c'est le temps d'aller faire du ski !

— J'aurais du m'en douter ! pouffe Laura, toi et ton ski. Ne t'inquiète pas. Je t'ai promis que tu en ferais, non ?

Elle replace le bouchon du réservoir d'essence.

— Tu veux quelque chose à manger ?

— Non merci. Il n'y a jamais rien de bon à manger dans ces endroits. Je préfère attendre.

— O.K. Je vais me chercher une boisson gazeuse. Je reviens tout de suite.

Marlie vérifie le support à skis de fortune de son amie. Jusqu'à présent, il tient le coup. Elle s'appuie sur le devant de la voiture. Il fait frais et l'air est encore chargé de l'humidité de l'orage. En dépit de la température un peu fraîche, des mites virevoltent autour des lampadaires. Toute seule, là, Marlie se détend enfin un peu.

Un bruit de pas la ramène à la réalité. C'est Francis qui revient vers elle.

— Tout est arrangé, déclare-t-il.

— Le Club automobile va envoyer quelqu'un chercher ton auto? demande Marlie.

— Ils ont promis de passer la prendre d'ici une heure et de la transporter à un garage où elle pourra être réparée.

— Super! Mais, est-ce tu ne dois pas y aller? Je veux dire, comment vont-ils faire pour pénétrer dans ta voiture?

— C'est un club automobile, répond le jeune homme en souriant. Je suis certain qu'ils savent ce qu'ils font.

— Je suppose, oui, fait-elle plus soulagée que tout soit terminé qu'elle ne veut le montrer.

Laura arrive bientôt avec une canette de boisson gazeuse.

— Est-ce que quelqu'un va aller chercher ton auto? demande-t-elle à son tour à Francis.

— Eh oui, c'est fait, réplique-t-il en prenant la main de Laura dans la sienne. Je tiens à vous remercier de m'avoir aidé comme ça. Sans vous deux, je ne sais pas ce que j'aurais fait.

— Y a-t-il autre chose qu'on peut faire? As-tu besoin d'aller quelque part?

— Non, soupire-t-il en lui relâchant la main. C'est juste dommage que je rate mes amis, c'est tout.

— Comment ça?

— Bien, je devais les rejoindre au mont Indien dans deux jours. Mais d'ici à ce que mon auto soit réparée, ils vont être repartis.

— Mais, on passe par là! s'exclame Laura, la mine réjouie. On va te conduire là-bas!

— Je ne peux pas vous demander ça, les filles, fait Francis.

— Et en plus, ajoute Marlie, il n'aura plus aucun moyen de revenir.

— Revenir n'est pas un problème, rétorque Francis. Mais je ne veux pas m'imposer.

— Tu ne t'imposes pas du tout, dit Laura d'un ton enthousiaste. Ça ne nous dérange pas du tout.

— Non, vraiment. Ce sont vos vacances, fait Francis.

— Voyons donc! Ça ne nous dérange pas, n'est-ce pas, Marlie?

«Oui, moi, ça m'embête terriblement», pense Marlie. Mais elle dit tout haut:

— Bien sûr que non. Tu peux venir avec nous.

— Génial! lance-t-il avec un sourire lumineux. Vous ne pouvez pas savoir à quel point c'est important pour moi.

Marlie ferme les yeux et essaie de se convaincre que tout va aller pour le mieux. Après tout, il ne s'agit que d'une journée de plus passée en voiture. Qu'est-ce qui peut arriver de si terrible?

— Si tu dois voyager avec nous jusqu'au mont Indien, dit-elle, tu ferais mieux de t'asseoir devant.

Cette fois, Francis ne proteste pas. Marlie grimpe à l'arrière et se tasse sur la minuscule banquette. Même petite comme elle l'est, l'espace est bien restreint. Lorsque Francis pousse le dossier du siège du passager pour être plus confortable, Marlie a l'impression qu'un mur vient d'être érigé entre elle et les deux jeunes. Le volume de la radio était raisonnable quand elle était assise devant. Mais maintenant qu'elle est derrière, la musique joue si fort que Marlie entend à peine la conversation de Laura et de Francis.

Ils roulent depuis un bon kilomètre lorsque Marlie se souvient de quelque chose.

— Laura, as-tu payé l'essence?

— Quoi?

— L'essence! répète Marlie en s'avançant entre les deux sièges avant. L'as-tu payée?

— Non, répond Laura. Francis s'en est occupé.

Le jeune homme fait oui de la tête.

— Non, il ne l'a pas payée.

— Comment?

— Il ne l'a pas payée! hurle presque Marlie. Il n'est même pas entré dans le dépanneur.

Sur ce, Francis dit quelque chose à Laura que Marlie est incapable d'entendre.

— Quoi? fait Marlie. Laura, peux-tu baisser le son? Je n'entends pas ce que vous dites.

Laura s'exécute.

— Francis dit qu'il n'y a pas de problème.

Marlie les regarde à tour de rôle.

— Pas de problème? Laura, il n'a pas payé l'essence! On doit y retourner immédiatement et régler la note.

— Ne t'inquiète pas pour si peu, intervient

Francis. Les gens oublient tout le temps. Dans ce genre d'endroit, c'est prévu. Ils haussent un peu les prix pour compenser.

Marlie tente de l'ignorer et de convaincre son amie.

— C'est du vol, Laura. Il faut faire demi-tour.

Laura commence à répondre, mais Francis l'interrompt brusquement.

— Du vol? Sais-tu combien de profits font les compagnies de pétrole grâce à ces stations-services? Penses-tu vraiment que leurs prix sont justes?

— Quel est le rapport?

— Ces gens-là font des milliards. Ils se fichent pas mal d'un réservoir d'essence. Leurs prix sont si exorbitants que la moitié des clients pourraient partir sans payer qu'ils feraient encore de l'argent. Ne viens pas t'apitoyer sur le sort des pétrolières. Si quelqu'un vole, c'est bien elles.

— Je ne m'apitoie pas sur le sort des compagnies de pétrole, répond Marlie en essayant de garder son calme. Ni sur celui de la station-service. Mais je n'ai pas l'habitude de faire un achat sans payer. J'ai l'habitude d'agir honnêtement.

— Écoute, reprend Francis d'une voix dont le calme commence à tomber sérieusement sur les nerfs de Marlie. La prochaine sortie se trouve probablement à une dizaine de kilomètres. Et une fois rendus, on aboutira dans une ville et il nous faudra sans doute une heure juste pour réussir à sortir de là. Il est presque vingt-deux heures, ajoute-t-il en regardant la montre à son poignet. Si on retourne au garage, on ne sera pas là-bas avant minuit.

La perspective de gaspiller deux heures pour revenir sur leurs pas n'enchante guère Marlie. Lorsque Laura et elle ont planifié le voyage, elles avaient prévu se rendre jusqu'au mont Indien le premier jour. Mais la tempête et tous les détours qu'elles ont dû effectuer avec Francis les ont retardées de plusieurs heures.

— Je ne tiens pas à perdre de temps, mais on devrait tout de même retourner payer notre essence, s'obstine-t-elle.

Francis se penche vers Laura et lui murmure quelque chose. Celle-ci acquiesce.

— Quoi ? demande Marlie. Qu'est-ce qu'il dit ?

— Francis a raison, réplique Laura. Ce serait une trop grande perte de temps que de retourner.

— Laura !

— Allons, Marlie. Il me semblait que tu voulais arriver à la montagne le plus tôt possible, non ? Je ne vois pas beaucoup de neige par ici.

Sur ce, Laura remonte le volume de la radio, et Marlie est une fois de plus exclue de la conversation. Elle se laisse aller sur son siège et serre les dents. « C'est notre semaine de relâche, pense-t-elle. Si Laura voulait juste draguer des gars, elle aurait pu le faire sans quitter la maison et sans m'entraîner avec elle. Wow ! Quelles vacances ! »

La circulation s'intensifie au fur et à mesure qu'ils se rapprochent de la ville. Seule à l'arrière,

Marlie observe les lumières qui défilent. Elle n'essaie plus d'entendre la conversation entre Laura et Francis, et se contente de contempler les alentours. Elle aime bien voyager de nuit. Le jour, tout a l'air si ordinaire. Mais la nuit, elle peut s'imaginer en train de visiter un pays étranger et prétendre que les lumières qu'elle voit sont celles de Paris ou de Londres.

Chapitre 4

Les lumières se font plus rares à mesure qu'ils progressent vers l'ouest. Au lieu des grappes scintillantes de la ville, Marlie n'aperçoit maintenant que les lumières isolées de quelques fermes perdues. Baignés par la lueur jaunâtre de la lune, les bâtiments de ferme ont l'apparence de fantômes et les arbres qui les entourent semblent sortir tout droit d'un film d'horreur.

Marlie réalise qu'elle s'était assoupie au moment où Francis la réveille.

— Il faut qu'on s'arrête quelque part, fait-il.

— Qu'on s'arrête? répète-t-elle.

— Il est pas mal tard, explique Francis. On doit trouver un endroit pour dormir.

— Bien sûr, fait-elle, déçue d'arrêter si loin du but mais comprenant en même temps la fatigue de celle qui conduit.

Au bout de plusieurs kilomètres, ils trouvent enfin une sortie où est annoncé un motel. On dirait que l'endroit a été construit à la hâte à partir de quelques modules préfabriqués.

— Prenons une seule chambre, fait Francis. Ça coûtera moins cher ainsi.

— Bonne idée, renchérit Laura.

— J'aimerais mieux pas, dit Marlie.

— Voyons, Marlie, reprend Laura en coupant le moteur devant la réception du motel. On va avoir deux lits.

— Désolée. Je ne serai pas à l'aise.

— D'abord l'essence, maintenant ceci, fait Laura irritée. Tu commences à me faire penser à ma mère.

— Ça va, intervient Francis, en levant les mains. On va prendre deux chambres. Je ne veux pas vous causer de problèmes.

Laura lance un regard noir à Marlie, mais ne proteste pas. Il ne leur faut que quelques minutes pour obtenir leurs chambres d'un commis somnolent. Marlie a du mal à traîner son sac de voyage dans le stationnement. Laura porte le sien sans peine.

Francis les attend à la porte de leur chambre. Il pointe un restaurant de l'autre côté de la rue.

— Cette chaîne fait de bons petits déjeuners. On s'y rejoint demain matin?

— O.K., répond Laura en lui faisant un beau sourire. Huit heures?

— Parfait. On se voit demain alors, fait-il en s'éloignant. Je suis dans la chambre 14 si vous avez besoin de moi.

— As-tu tout ce qu'il te faut? demande Laura.

Du shampooing, des trucs du genre?

— J'ai tout ce dont j'ai besoin là-dedans, réplique-t-il en montrant son petit sac de cuir brun.

— Bonne nuit, alors, fait Laura.

Elle ouvre la porte et la tient pour que Marlie puisse entrer avec son sac. Une fois la porte fermée, elle se tourne aussitôt vers son amie.

— Qu'est-ce qui te prend?

— Laura, je t'en prie, pas maintenant, fait Marlie. Je suis fatiguée.

— Moi aussi, je suis fatiguée, rétorque la jeune fille en lançant son sac sur le lit. C'est moi qui ai conduit toute la journée. Qu'est-ce que tu as contre Francis?

— Je n'ai rien contre lui, répond Marlie en s'assoyant sur le bord du lit.

Elle n'a qu'une idée : dormir et mettre un terme à cette journée.

— Dans ce cas, pourquoi passes-tu ton temps à te disputer avec lui?

— Je ne me dispute pas avec lui. C'est juste que je ne pense pas que ce soit une très bonne idée que de voler.

— On n'a rien volé! s'écrie Laura. C'est juste un oubli.

— Si tu le dis, fait Marlie. S'il te plaît, est-ce qu'on pourrait se coucher?

— Et la chambre? insiste Laura. Pourquoi as-tu refusé qu'il en partage une avec nous?

— On vient tout juste de le rencontrer! Pourquoi est-ce qu'on devrait partager notre chambre avec un inconnu ?

— Voilà que tu recommences ! Tu le traites comme si c'était un meurtrier ou un maniaque alors que c'est un gars super.

Marlie ouvre son sac et en sort une chemise de nuit.

— Comment peux-tu savoir qu'il est super ? Tu ne sais rien de lui.

— Ça va pas la tête ? On a discuté pendant des heures. Je le connais probablement mieux que n'importe quel gars de notre classe. Il est... si... si différent de tous les garçons du secondaire, finit-elle en prenant sa trousse de toilette et en se dirigeant vers la salle de bains.

— Pour être différent, on peut dire qu'il l'est.

— Qu'est-ce que tu veux dire par là ? demande Laura en s'arrêtant net.

— Rien. De toute façon, quelle différence est-ce que ça peut faire ? Même s'il vient avec nous jusqu'au mont Indien, après ça, on ne le verra plus.

— Justement, tu pourrais te forcer pour être aimable avec lui rien qu'une journée, non ? dit Laura en pénétrant dans la salle de bains.

— Mais j'ai été aimable avec lui !

— Ne t'imagine pas qu'il n'a pas remarqué la façon dont tu le traites.

Marlie entend Laura ouvrir sa trousse de toilette. Un moment plus tard, lui parvient le bruit de l'eau qui coule. Marlie ravale une remarque cinglante. L'irritation menace de l'emporter sur le sommeil.

— Ah oui ? Et qu'est-ce qu'il a dit à mon sujet ?

— Il veut juste que tu l'aimes, Marlie. Il se demande ce que tu as contre lui. Regarde ce qu'il a fait pour nous au relais routier.

— Ce qu'il a fait ? Il a battu un gars et a failli le tuer. Je ne vois pas en quoi ça fait de lui un héros ?

Laura passe la tête par la porte de la salle de bains.

— Tu es folle, Marlie ! Ce gars-là aurait pu faire n'importe quoi. As-tu vu la manière dont il me regardait ?

— Le bonhomme n'a rien fait d'autre que de te mettre la main sur l'épaule, réplique Marlie. C'est Francis qui l'a frappé le premier.

— Il essayait de me protéger, renchérit Laura en sortant de la salle de bains, sa brosse à dents à la main. Aurais-tu préféré qu'il laisse le gars m'emmener ? Ou qu'il se fasse tuer lui-même ?

— Tu sais bien que non.

— En fait, Marlie, je ne sais pas trop ce que tu veux.

Marlie ferme les yeux et se laisse tomber sur le lit.

— Je veux que tout aille bien. Je veux qu'on continue notre voyage. Je veux aller faire du ski comme prévu.

— C'est ça ton problème, fait Laura, tu ne penses qu'à toi.

— Oh oui! Ça, c'est sûr! C'est pour ça que je n'ai pas téléphoné chez moi comme j'étais censée le faire, répond Marlie en tournant la tête vers Laura. Écoute, on connaît Francis depuis un jour à peine, mais toi et moi, on est amies depuis des années. Est-ce qu'on pourrait arrêter de se disputer?

Laura demeure silencieuse pendant un long moment.

— On en reparlera demain, finit-elle par répondre avant de disparaître dans la salle de bains sans faire aucun effort pour cacher sa colère.

Marlie pousse un long soupir et se lève du lit au prix d'un effort surhumain. Elle retire ses chaussures et ses bas, se débarrasse de ses vêtements et enfile sa chemise de nuit. Déjà, elle se sent mieux. Elle se laisse glisser sous les couvertures fraîches.

Elle entend l'eau de la douche et repasse dans sa tête les événements de la journée. C'est toujours la même scène qui surgit devant ses yeux: la bagarre avec le camionneur et l'erreur commise par Francis à propos de l'endroit où il avait frappé le type. *Maxus* solaire. *Plexus* solaire. La différence est minime. Et Francis était dans une situation de stress. Tout le monde peut se tromper. Mais un étudiant qui se prépare à faire sa médecine peut-il faire une erreur aussi grossière?

Et puis, il y a cette lueur étrange qu'elle a vue briller dans ses yeux lorsqu'il a frappé l'homme. Laura a raison sur un point: Marlie n'a aucune confiance en Francis.

Au bout d'un moment, elle se dit qu'elle exagère peut-être. Elle va s'excuser auprès de Laura dès que celle-ci sortira de la douche.

Mais malgré ses bonnes intentions, elle tombe dans les bras de Morphée bien avant que la douche ne s'arrête.

Chapitre 5

Des cauchemars viennent troubler la nuit de Marlie. Elle dort de façon intermittente et ses rêves sont parsemés d'images sombres et menaçantes. Ce n'est qu'à l'arrivée des premières lueurs de l'aube qu'elle finit par sombrer dans un sommeil paisible.

— Marlie! Debout!

La jeune fille cligne des yeux, éblouie par la clarté. Laura se tient près du lit. Elle est déjà habillée et porte un jean et un col roulé violet. Elle a l'air très agitée.

— Qu'est-ce qu'il y a? fait Marlie.

— On a oublié de demander un réveil, répond Laura. Il est déjà plus de huit heures. On doit aller retrouver Francis et se mettre en route.

— O.K., mais il faut que je prenne une douche.

— Pourquoi ne l'as-tu pas fait hier soir? demande Laura, les sourcils froncés.

— J'étais fatiguée, hier soir, répond Marlie. Écoute, je n'ai pas faim. Pourquoi ne vas-tu pas déjeuner avec Francis. Vous viendrez me rejoindre quand vous aurez fini.

— D'accord. On se revoit d'ici une demi-heure, fait-elle en prenant son sac avant de quitter la chambre.

Marlie se dirige vers la fenêtre et jette un coup d'œil entre les lattes du store. Le ciel est presque sans nuages, mais les arbres sont agités par une forte brise. Les gens qui entrent dans le restaurant portent tous des chandails ou des vestes. Marlie retourne à son sac de voyage et y cherche des vêtements chauds. Heureusement, elle a apporté un léger chandail qui se porte bien avec une paire de jeans.

Marlie traverse la chambre et dépose ses vêtements sur le comptoir de la salle de bains. Elle enlève sa chemise de nuit et se glisse sous la douche. L'eau chaude ruisselle sur son corps et l'odeur du savon la réconforte. Une fois les cheveux lavés et rincés, Marlie se sent beaucoup mieux. Après une bonne douche, elle peut supporter à peu près n'importe qui.

Elle coupe l'eau et sort de la douche. Au même moment, elle entend la porte de la chambre s'ouvrir et une bouffée d'air froid s'engouffre dans la salle de bains.

— J'ai presque fini, Laura. Je sors dans une seconde.

Elle se sèche rapidement et sort de la salle de bains. La main tendue pour prendre ses vêtements sur le comptoir, elle lève les yeux et fige sur place.

Francis est debout dans la chambre et il la regarde. Il affiche un grand sourire, le même que lorsqu'elles ont accepté de le prendre à bord de la voiture. Mais dans ses yeux brille la lueur sauvage qu'elle lui a vue quand il s'est battu avec le camionneur.

— Sors d'ici, dit Marlie dans un filet de voix tout en essayant de reprendre ses esprits.

Francis ne sort pas. Il ne dit pas un mot. Il avance d'un pas, le sourire aux lèvres.

Marlie recule. Elle tâtonne d'une main derrière elle pour trouver la poignée de la porte de la salle de bains. De l'autre main, elle retient la serviette contre son corps.

— Dehors, ordonne-t-elle de nouveau.

Cette fois, malgré la peur qui lui noue l'estomac, Marlie est soulagée en entendant la fermeté de sa voix. Mais peine perdue, Francis ne bronche pas.

Ses doigts rencontrent le cadre de la porte. La jeune fille recule de deux pas et la referme rapidement. Elle veut la verrouiller mais découvre avec horreur qu'elle ne peut pas. Elle laisse tomber sa serviette et pousse la porte de ses deux mains. Maintenant qu'un obstacle se dresse entre elle et Francis, sa peur se transforme en colère.

— Sors de ma chambre ! crie-t-elle.

Elle entend un bruissement, puis plus rien. Elle attend de longues minutes avant d'oser ouvrir la porte. Lorsqu'elle se décide enfin, Francis n'est plus là. Elle se rend au bout du comptoir sur la pointe des pieds et jette un regard circulaire dans la chambre. Celle-ci est vide. La jeune fille court jusqu'à la porte et pousse tous les verrous. Puis elle retourne rapidement à la salle de bains et s'habille en vitesse.

Elle se regarde dans le miroir. Les taches de rousseur éparpillées sur son nez sont mises en évidence par la pâleur de son visage. Ses cheveux auburn sont mouillés et emmêlés. Elle ferme les yeux et respire profondément. Puis elle prend sa brosse et son séchoir dans son sac de voyage.

Quelques minutes plus tard, elle s'examine de nouveau dans la glace. Cette fois l'image lui plaît davantage. Les cheveux secs et bien coiffés, elle n'a plus l'air effrayée et sa peau a retrouvé son air de santé.

Elle entend un bruit à la porte. Son cœur se remet instantanément à battre follement. Elle se dirige vers la porte verrouillée.

— Va-t'en! crie-t-elle.

— Allez, Marlie. Dépêche-toi!

— Laura! fait Marlie, soulagée, en cherchant maladroitement à déverrouiller la porte.

Lorsqu'elle y parvient, Laura la regarde, un sourire amusé aux lèvres. Marlie sort la tête dehors et fouille le stationnement des yeux.

— Où est Francis? demande-t-elle.

— Il attend déjà dans l'auto, répond Laura. Es-tu prête à y aller?

— Laura, Francis, il... il...

— Il est entré pendant que tu t'habillais. Oui, je sais.

— Il te l'a dit ? fait Marlie, les yeux ronds d'étonnement.

— Il est vraiment désolé, Marlie. Il croyait que tu étais prête.

— Il est désolé ? S'il était désolé, pourquoi est-ce qu'il n'est pas sorti quand je le lui ai demandé ?

Une ombre traverse le front de Laura et son sourire s'efface.

— Je ne sais pas. Il était probablement aussi embarrassé que toi.

— Laura, il n'était pas embarrassé. Il me fixait.

— Je suis certaine qu'il va s'excuser. Allez viens, partons, ajoute-t-elle en se retournant pour se diriger vers la voiture.

— Non, fait Marlie en enfonçant les mains dans les poches de ses jeans.

Laura s'arrête et se retourne pour la regarder.

— Comment, non ? Qu'est-ce que tu veux dire ?

— Je veux dire non, répond Marlie. Il n'est pas question que je monte dans l'auto avec ce gars-là.

— Qu'est-ce que tu vas faire, rester ici ?

— S'il le faut, oui. Je vais prendre l'autobus ou appeler mon père, mais en tout cas je ne vais nulle part en compagnie de Francis.

Laura s'avance vers Marlie.

— Ouais, eh bien, tu vas être contente : il ne

vient avec nous que pour un kilomètre ou deux. Il s'est arrangé pour rejoindre ses amis autrement.

— Vraiment?

— Vraiment. Alors qu'est-ce que tu fais? Tu viens ou tu restes dans ce trou perdu?

— Si c'est juste pour quelques kilomètres...

Laura tourne les talons sans mot dire et se rend d'un pas lourd jusqu'à la voiture. Marlie retourne à l'intérieur et empoigne son sac. Elle jette un dernier coup d'œil à la chambre pour s'assurer qu'elles n'ont rien oublié. Puis elle ferme la porte derrière elle.

Francis et Laura attendent tous deux à côté de la Mustang lorsque Marlie les rejoint. Le jeune homme s'avance vers elle pour l'aider avec son sac de voyage. Marlie résiste un moment, puis elle le laisse le prendre et le déposer dans le coffre.

— Je suis désolé de t'avoir surprise en sortant de la douche, dit-il.

Marlie regarde au fond de ses yeux couleur saphir. Il a l'air si embarrassé, si sincère. Mais elle se rappelle la façon dont il a agi dans la chambre.

— Tu ne viens pas avec nous jusqu'au mont Indien? demande-t-elle.

— Je suis désolé pour ça aussi, fait-il en hochant tristement la tête. Mais mes plans ont changé.

— Est-ce qu'on peut y aller? s'impatiente Laura, grelottante. On gèle dehors.

Marlie se serre sur la banquette arrière et Francis prend place à l'avant. Laura lance le moteur et met le chauffage en marche. Elle conduit l'auto jusqu'à la réception où elle s'arrête pour aller rendre les clés. Pendant qu'elle est partie, Marlie attend que Francis dise quelque chose, mais il se contente de regarder dehors jusqu'à ce que Laura revienne.

— Il faut juste que je retourne à la dernière sortie, dit-il enfin. Mon copain va venir me prendre là.

— Pourquoi pas cette sortie-ci ? demande Marlie.

— J'ai bien peur de m'être trompé en lui donnant les indications au téléphone. Mais c'est l'affaire de un ou deux kilomètres seulement. Ça ne sera pas long.

— Allons-y, dit Laura.

« Enfin ! » pense Marlie.

Le vent commence à s'intensifier. Marlie sent les bourrasques venir frapper le véhicule au moment où ils s'engagent sur l'autoroute en direction est. Ils doublent une file d'autos décorées de banderoles de toutes les couleurs. Des affiches sont collées dans les vitres. L'une dit: SEMAINE DE RELÂCHE ! Une autre, FLORIDE !

— C'est peut-être eux qui ont raison, soupire Marlie pendant que la Mustang dépasse la bande de jeunes en route pour la Floride. On aurait peut-être dû aller passer la semaine à la plage, comme tout le monde.

— Tu ne peux pas me mettre celle-là sur le dos, Marlie. Ce voyage de ski, c'est ton idée.

La sortie se trouve plus loin que Francis ne l'avait prévu et il leur faut une vingtaine de minutes pour s'y rendre. Lorsqu'ils arrivent enfin, il n'y a qu'une seule station-service au coin d'une petite route secondaire crevée de nids de poule.

— Tu es certain que c'est ici? demande Laura.

— Oui, répond Francis. Tu n'as qu'à me laisser là, à la station-service.

— On n'a presque plus d'essence. Mieux vaut faire le plein tout de suite, sinon il va falloir s'arrêter dans dix minutes, ajoute-t-elle en stoppant près des pompes.

Chacun s'extirpe de la voiture et, pendant un moment, nul ne sait quoi dire. C'est Francis qui finit par parler le premier.

— Je ne sais vraiment pas comment vous remercier de m'avoir aidé. Vous en avez fait beaucoup plus que vous auriez dû. Je vous en suis très reconnaissant.

— Ouais, ce n'est rien. Prends soin de toi, dit Laura.

— Tiens, reprend Francis en lui tendant une feuille de papier vert portant le logo du motel où ils ont passé la nuit.

— Qu'est-ce que c'est?

— Mon adresse et mon numéro de téléphone. Quand tu reviendras de vacances, appelle-moi. On pourra sortir.

Le visage maussade de Laura s'éclaire un peu.

— O.K. Je n'y manquerai pas.

Francis se retourne vers Marlie et lui tend la main.

— Merci pour ton aide, toi aussi.

— J'espère que ton copain va arriver bientôt, dit-elle en lui donnant une poignée de main rapide.

— Ne t'en fais pas pour moi, réplique-t-il. Je serai parti d'ici en moins de temps qu'il n'en faut pour le dire.

Il se dirige vers la porte de la station-service puis se retourne vers les filles.

— Ne vous occupez pas de l'essence. C'est moi qui paie.

Son portefeuille dans les mains, Marlie s'apprête à protester mais Francis l'arrête d'un geste.

— Non, vraiment, dit-il. Je m'en charge. Allez-vous-en et amusez-vous bien.

— Bye, fait Laura.

Francis leur adresse un dernier petit salut et disparaît à l'intérieur de la station-service. Laura ouvre le couvercle de son réservoir à essence et Marlie y place le bec verseur.

— Prête à continuer le voyage ? demande-t-elle à son amie tout en observant le compteur de litres.

— Oui, répond doucement Laura. Je suis prête. Et je suis désolée si j'ai été agressive hier soir.

— Tu n'as pas été désagréable, rétorque Marlie. C'est moi qui l'ai été. Je n'aurais pas dû faire tout un plat de cette histoire avec Francis.

— Non, c'est toi qui avais raison. Ça ne sert à rien de s'énerver de la sorte pour un gars que je ne reverrai probablement jamais.

— Tu as son adresse ; tu le reverras peut-être.

— Peut-être, acquiesce Laura. On est amies ?

— On n'a jamais cessé de l'être, répond Marlie.

La pompe à essence s'arrête et la jeune fille jette un coup d'œil du côté de la station-service.

— Tu crois qu'on devrait aller à l'intérieur et payer ? demande-t-elle.

— Francis a dit qu'il le ferait. Croyons-le cette fois-ci.

Les deux amies s'engouffrent dans la Mustang et se dirigent vers la sortie du stationnement. Marlie s'étire les jambes, heureuse de pouvoir jouir de tout l'espace qu'offre le siège avant.

— Hourra ! C'est parti ! On s'en va faire du ski ! Oh, oh !

— Quoi ?

— J'ai laissé mon porte-monnaie sur la pompe à essence.

— Heureusement qu'on est dans un bled perdu, sinon, il se serait déjà envolé, dit Laura en faisant marche arrière pour revenir aux pompes.

— Il est là, fait Marlie en ouvrant la portière pour récupérer son porte-monnaie. Exactement là où je l'ai laissé.

— Je pense que je vais aller me chercher une boisson gazeuse avant de partir, dit Laura en descendant de voiture, elle aussi.

— Je ne sais pas comment tu fais pour boire ça le matin, déclare Marlie. Un cola le matin, beurk !

— Quelle serait la vie sans caféine ? rigole

Laura. Je cours en chercher une ou deux canettes. Tu veux quelque chose?

— Non. Au risque de me répéter, il n'y a rien d'intéressant à se mettre sous la dent dans ce bled perdu. Je vais attendre le dîner.

— O.K. Je reviens tout de suite.

Marlie remonte dans la voiture et sort la carte routière du compartiment à gants. Elle reconnaît l'endroit où elles sont et fronce les sourcils à la vue de la distance qu'il leur reste à parcourir. Il faudrait qu'elle réussisse à convaincre Laura de la laisser conduire. Si elles prennent le volant à tour de rôle et roulent toute la nuit, elle ont encore une chance d'arriver au mont Glacier à l'aube.

Un grand bruit retentit soudain à l'avant de la voiture. Marlie sursaute et laisse tomber la carte. Elle aperçoit Laura, appuyée sur l'auto. La jeune fille fait face à la station-service, une main agrippée au capot bosselé de la Mustang. Son teint habituellement bronzé est gris comme la pierre. Plus loin, la porte de la station-service se referme doucement.

— Laura, ça va? demande Marlie en ouvrant sa portière.

Laura se retourne vers son amie. Ses yeux noirs semblent vides, sans vie. Sa main glisse le long du capot bleu et elle commence à tomber. Marlie se bat avec sa ceinture de sécurité pour pouvoir la défaire et sortir, mais Laura s'écroule avant qu'elle n'y parvienne.

Marlie arrive enfin à se dégager et se précipite vers son amie.

— Laura ! Qu'est-ce que tu as ? lui demande-t-elle en s'agenouillant auprès d'elle.

Un grand fracas lui parvient de la station-service et la porte s'ouvre en trombe. Francis sort dans la lumière. Son visage est toujours aussi calme, mais ses yeux bleus lancent des éclairs. Son sac brun pend à sa main gauche.

— Qu'est-ce que vous faites ici, demande-t-il d'un ton glacial. Pourquoi êtes-vous revenues ?

Marlie sent la colère l'envahir.

— Qu'est-ce que tu as fait à Laura, réplique-t-elle.

Francis s'avance vers elles.

— Pourquoi êtes-vous revenues ? répète-t-il.

— Réponds-moi, fait Marlie en se relevant. Qu'est-ce que...

Francis est beaucoup plus rapide qu'elle ne l'aurait cru. Il traverse le stationnement en un éclair et ses longs doigts s'enfoncent dans l'épaule de la jeune fille. Il la remet debout sans ménagement et elle sent le sang se retirer de son visage.

— Fais très attention à ce que tu dis, murmure-t-il.

Il parle très doucement. Aucune émotion ne perce dans sa voix. Et c'est encore plus effrayant que s'il avait hurlé. Il la relâche et elle s'effondre sur les genoux.

Francis observe les deux jeunes filles sur le sol.

— Pour répondre à ta question, je ne lui ai rien fait, dit-il en s'éloignant de quelques pas pour regarder l'autoroute.

Le cœur de Marlie cogne si fort dans sa poitrine que la tête lui bourdonne. Elle regarde Laura et voit que ses yeux sont ouverts. Des larmes coulent le long de ses joues.

— Lève-toi ! chuchote-t-elle instamment. Il faut qu'on parte d'ici.

Laura pose la main sur le pare-chocs de la Mustang et Marlie l'aide à se relever. Elle est presque rendue à la hauteur de la portière lorsque Francis se retourne vers elles.

— Mets-la en arrière, dit-il. Je veux que ce soit toi qui conduise.

Marlie est figée sur place et Francis la prend par le bras et la pousse contre l'auto.

— Fais ce que j'ai dit. Maintenant !

— Non ! fait Marlie en se dégageant. Je ne ferai rien pour toi.

Elle recule, cherchant des yeux quelque chose qui pourrait lui servir à se défendre.

— Apparemment, reprend Francis, je ne me suis pas bien fait comprendre.

Il fouille dans son sac et en ressort un pistolet. Mais il ne le pointe pas en direction de Marlie. En quelques enjambées, il est auprès de Laura et il la fait pivoter pour que Marlie la voie de face. Puis il place le canon de l'arme contre la nuque de Laura.

— Monte dans l'auto et prends le volant ou je

fais exploser la jolie cervelle de ton amie, fait-il en entourant la gorge de Laura de son bras libre et en la serrant violemment contre lui. Est-ce assez clair ?

Des larmes baignent encore le visage de Laura et son corps est secoué de sanglots silencieux. Marlie passe sa langue sur ses lèvres sèches.

— O.K. Je vais conduire. Mais laisse Laura tranquille.

— Bien sûr.

Il prend Laura par le bras et la pousse à l'arrière de la Mustang. Puis il s'installe sur le siège du passager pendant que Marlie fait le tour de la voiture. Elle ouvre la portière du côté du conducteur et monte lentement à bord, sans quitter Francis des yeux.

— Bien, dit-il en découvrant ses dents blanches dans un sourire aussi étincelant que la veille. Maintenant, roule.

Marlie doit ajuster le siège pour pouvoir atteindre les pédales. Elle démarre la voiture et décrit une grande courbe dans le stationnement. En passant devant la porte de la station-service, elle a le temps d'apercevoir quelque chose à l'intérieur, sur le plancher.

Elle n'a aucun moyen d'en être certaine, mais il lui semble qu'il s'agit d'un corps.

Marlie quitte le stationnement et fait quelques mètres sur la petite route. Elle met son clignotant et s'apprête à prendre la bretelle qui mène à l'autoroute.

— Non, ordonne Francis. Reste sur cette route.

Marlie regarde la route devant elle. Elle s'étire au loin, droite comme une flèche, entre des champs de terre noire.

— Où est-ce que ça mène ? demande-t-elle.

— Qu'est-ce que ça peut faire ? réplique Francis.

Chapitre 6

Ils roulent depuis des heures. Les arbres sont rares et la route s'étire à l'infini. Quelques kilomètres après avoir quitté la station-service, l'asphalte rapiécé a fait place à un chemin de terre défoncé. Depuis ce temps, un nuage de poussière pâle traîne derrière la voiture. De temps à autre apparaissent des granges et des maisons de ferme séparées par des kilomètres de champs déserts. Ici et là, un troupeau de bétail regarde passer le véhicule.

La première heure de cette équipée cahoteuse se passe en silence. Les sanglots de Laura s'apaisent et, jetant un coup d'œil dans le rétroviseur, Marlie voit qu'elle s'est endormie.

Francis étudie la carte pendant de longues minutes. Après quoi il se contente de fixer intensément la route.

L'ennui a finalement raison de la peur de Marlie.

— Où allons-nous, demande-t-elle.

— Tu le sauras quand nous y serons.

— En tout cas, où que ce soit, il va falloir qu'on trouve bientôt une station-service. Cette voiture boit beaucoup d'essence.

— Ne t'inquiète pas. Je me charge de tout.

Marlie lui jette un coup d'œil furtif et est étonnée de le voir pâle et nerveux.

— Qu'est-ce que tu vas faire de nous?

— Ça dépend de vous, répond-il. Tant que vous ferez ce que je vous dis, il ne vous arrivera rien.

Marlie avale la boule qu'elle a dans la gorge. Elle ignore si elle doit continuer à le faire parler ou s'il est préférable de le laisser tranquille. Le programme de la cinquième secondaire ne comportait pas de cours sur la manière de faire face à un maniaque. Et chaque kilomètre franchi sur cette route les éloigne de l'endroit où elles devraient se trouver. Chaque minute qui passe diminue leurs chances d'être retrouvées... si jamais quelqu'un les cherche.

— Tu as tué quelqu'un, là-bas, n'est-ce pas? fait-elle, étonnée de l'assurance de sa propre voix.

— Que crois-tu qu'il s'est passé?

— Je pense que tu as abattu le préposé de la station-service, répond-elle. J'imagine que tu voulais lui voler sa voiture ou l'argent de la caisse. Quoi qu'il en soit, on est revenues et Laura a tout vu.

— Tu es une fille très intelligente, Marlie. Je dois avouer que ça m'arrange que vous soyez revenues. Vous m'avez été d'un grand secours.

— Pourquoi nous as-tu choisies?

— On peut dire que j'ai été chanceux. Si vous ne vous étiez pas pointées, j'aurais vraiment été dans le pétrin par-dessus la tête.

— Tu te sauvais, devine Marlie. Quand on t'a fait monter avec nous, tu t'enfuyais de la scène d'un crime, n'est-ce pas?

— Disons que j'étais plutôt pressé de voyager.

Il rit. D'un rire dur, méchant.

À l'arrière, Laura gémit et marmonne quelque chose dans son sommeil. Marlie la regarde dans le rétroviseur. Elle sait que Laura n'est pas dans son état normal, mais elle ignore s'il est préférable de la réveiller ou de la laisser dormir.

Marlie jette un coup d'œil à Francis et voit que ses yeux bleus sont à nouveau animés de cette lueur effrayante.

— Quand tu n'auras plus besoin de nous, tu vas nous tuer, n'est-ce pas?

— Comme je viens tout juste de te l'expliquer, ça dépendra de vous deux.

— La police va t'attraper, dit Marlie.

— Ils ne m'auront jamais!

— Tu voulais venir avec nous jusqu'au mont Indien. Qu'est-ce qui t'a fait changer d'avis? Est-ce que la police était à tes trousses?

— Assez parlé.

— Ils ont sans doute trouvé ton auto.

— Tais-toi.

— Je me demande s'ils ont déjà découvert l'employé de la station-service?

— Ça suffit ! fait-il avec colère. Vous m'êtes utiles pour le moment, mais si vous me mettez des bâtons dans les roues, je vous jette dans un fossé. Compris ?

Marlie acquiesce. Fin de la conversation.

Il est passé midi et la jauge d'essence indique que le niveau est dangereusement bas. Ils arrivent à l'intersection d'une autoroute.

— De quel côté ? demande Marlie.

— À gauche, réplique Francis.

Quelques minutes plus tard, la jeune fille aperçoit un petit village.

— Ce n'est pas trop tôt, dit-elle.

— Tourne là-bas, fais Francis en pointant un magasin à l'entrée du village devant lequel sont alignées des pompes à essence.

Marlie stationne la voiture devant une des pompes.

— Qu'est-ce que je fais ?

— Fais le plein et achète six canettes de boisson gazeuse.

— Quelque chose à manger ?

— Ouais, prends ce que tu veux. As-tu de l'argent ?

— Oui.

— Parfait, paie comptant. Pas de carte de crédit.

— O.K., répond Marlie en ouvrant sa portière.

Francis pose la main sur son bras alors qu'elle s'apprête à sortir de la voiture.

— Rappelle-toi. Je reste ici et je te surveille. Si tu fais quoi que ce soit qui me déplaît, ta jolie copine ne se réveillera jamais.

À ces mots, l'estomac de Marlie se noue de nouveau.

— Compris.

— Une dernière chose, ajoute-t-il. Achète des lacets d'espadrilles. Au moins quatre paires.

— Des lacets, répète Marlie, hébétée.

— N'oublie surtout pas, insiste-t-il en sortant le pistolet de son sac. Je ne voudrais pas être obligé de me servir de ça.

Marlie referme la portière et fait le tour de la voiture pour faire le plein. Ce n'est qu'au moment d'insérer le bec verseur dans le réservoir qu'elle réalise que ses mains tremblent. Elle doit s'y reprendre par trois fois. Pendant tout ce temps, elle sent le regard glacé de Francis braqué sur elle.

Une fois le réservoir plein, elle raccroche maladroitement le bec sur la pompe et se dirige vers le magasin.

Une clochette tinte joyeusement lorsque Marlie ouvre la porte et la femme qui se trouve derrière le comptoir lève les yeux et lui sourit. C'est une dame assez âgée dont les cheveux gris sont coupés court et qui porte des lunettes cerclées de métal.

— Bonjour, dit-elle.

Marlie ouvre la bouche pour répondre, mais se souvient que Francis l'observe. Elle s'éloigne du comptoir et se promène entre les allées. Elle attrape un sac de *nachos*. Elle déteste ces croustilles mais se dit que ça fera l'affaire. Elle se dirige ensuite vers les réfrigérateurs. Elle ramasse six canettes et les dépose sur le comptoir.

— Est-ce que ce sera tout? demande la femme.

— Oui, fait Marlie. Non, attendez! dit-elle nerveusement en jetant un coup d'œil par la fenêtre et en apercevant Francis qui la surveille. Une petite minute!

Elle repart en direction du fond, à la recherche de lacets. Elle trouve des produits d'entretien, des revues, des articles de toilette, mais pas de lacets. Elle retourne au comptoir s'informer, consciente que Francis peut croire qu'elle est en train de tout révéler à son sujet.

La femme étire le cou pour mieux chercher des yeux.

— Je sais que nous en avons, dit-elle. Euh... oui! Là-bas, dans le coin, à côté des leurres de pêche.

— Merci, fait Marlie.

La jeune fille doit réprimer un rire hystérique. À côté des leurres. Évidemment!

Il n'y a pas de lacets d'espadrilles. Seulement de longs lacets de cuir. Combien de paires Francis lui a-t-il dit d'acheter? Elle ne se rappelle plus. Il y en a six paires. Elle les prend toutes. Lorsqu'elle revient au comptoir, un policier se trouve dans la porte.

En le voyant, le soulagement que ressent Marlie est si puissant qu'elle en vacille sur ses jambes. Un des paquets de lacets lui échappe des mains et tombe sur le plancher de bois, mais la jeune fille ne s'en aperçoit même pas.

Tout va s'arranger. La police est là et va s'occuper de tout. Un sourire se dessine sur son visage.

Le policier la regarde s'avancer vers lui, l'air intrigué.

— Avez-vous besoin de quelque chose, mademoiselle ?

— Oui, fait Marlie dans un souffle.

Elle est presque rendue devant lui, le sourire encore aux lèvres, lorsqu'elle se souvient que Francis la surveille. Il est là, dans la voiture, le canon de son arme pointé vers la tête de son amie endormie.

— Que se passe-t-il ? demande le policier.

— Rien du tout, s'empresse de répondre Marlie.

Ce qu'elle peut être stupide. Si Francis s'imagine qu'elle a dit quoi que ce soit au policier, il n'hésitera pas à tuer Laura.

— Je voulais juste savoir à quelle distance se trouve le mont Indien.

Le policier et la femme échangent un regard perplexe.

— Si vous voulez aller au mont Indien, jeune fille, vous êtes dans la mauvaise direction.

— Je dois m'être trompée, fait-elle en déposant les lacets sur le comptoir. Voilà, c'est tout ce dont j'ai besoin.

— Vous avez pris de l'essence, n'est-ce pas? demande la femme en repoussant ses lunettes sur son nez.

— Oui.

La femme poinçonne le tout sur sa caisse enregistreuse avec une lenteur désespérante. Pendant ce temps, le policier l'observe du bout du comptoir.

— Vous êtes certaine que tout va bien? demande-t-il.

«On m'a kidnappée», pense-t-elle. Mais elle déclare :

— Oui, merci. Tout est parfait, fait-elle avec un sourire qu'elle espère rassurant.

La femme place les achats de Marlie dans un sac de papier. La jeune fille paie puis saisit le sac.

— Puis-je vous aider à transporter ça? demande le policier.

Marlie secoue la tête. Elle n'ose pas ouvrir la bouche de peur de déballer toute l'histoire. Elle court jusqu'à la voiture et s'y engouffre. Laura dort toujours sur la banquette arrière.

Francis lui arrache le sac des mains et lui ordonne de démarrer.

Marlie s'empresse d'obtempérer et quelques minutes plus tard, ils arrivent à une intersection en T. Marlie stoppe la voiture.

— De quel côté, maintenant?

— Qu'est-ce que tu as dit au flic?

— Rien.

La douleur est si soudaine et si intense qu'il faut

un moment à la jeune fille pour réaliser qu'il vient de la gifler violemment.

— Qu'est-ce que tu as dit au flic ? répète-t-il.

— Il m'a demandé si j'avais besoin de quelque chose.

— Et ?

— Et je lui ai répondu que non.

— Et c'est tout ? demande-t-il d'une voix mielleuse.

— C'est tout.

Francis lui prend le menton et la force à le regarder.

— Marlie, Marlie. Ne me mens pas. Tu en as dit plus long que ça, et lui aussi.

— Je lui ai dit que oui, j'avais besoin de quelque chose, reprend la jeune fille d'une voix étouffée. Et je lui ai demandé le chemin du mont Indien. Il m'a dit que j'allais dans la mauvaise direction.

— Et ensuite ?

— Ensuite, rien. C'est tout.

— Tu en es sûre ?

— Oui.

Francis lui relâche le menton.

— Prends à gauche. Et la prochaine fois que je t'envoie faire des courses, ne parle à personne. C'est clair ?

Marlie fait oui de la tête, mais ses paroles lui font aussi mal que la gifle. *La prochaine fois* a-t-il dit. Combien de fois va-t-elle devoir répéter cet exploit ? Combien de temps ce cauchemar va-t-il durer? Sa gorge se serre douloureusement et elle réprime à grand peine un sanglot. Il y a des heures qu'elle n'a pas mangé, mais la peur lui contracte l'estòmac.

Chapitre 7

D'après la position du soleil et les quelques panneaux indicateurs, Marlie suppose qu'ils ont passé l'après-midi à se diriger vers le nord. Laura ne s'est pas réveillée une seule fois et Marlie commence à se demander si elle le fera jamais.

— Il va falloir nous arrêter bientôt, déclare soudain Francis.

— Déjà ?

— Je ne veux pas que tu conduises fatiguée, réplique-t-il. Je ne peux pas me permettre un accident. Et Laura n'est pas en état de conduire.

Il pointe une affiche annonçant un motel à quelques kilomètres.

— On va passer la nuit là, fait-il.

— Pourquoi ne conduis-tu pas ? demande Marlie.

— Ne sois pas stupide, rétorque Francis. Comment veux-tu que je conduise et que je tienne le pistolet en même temps ?

— Oh, dit-elle simplement en jetant un coup d'œil à ses mains rugueuses posées sur son sac.

Le coucher de soleil est magnifique. Un millier de tons de pourpre s'étirent dans le ciel et l'horizon s'enflamme pendant de longues minutes. Il lui semble injuste que quelque chose d'aussi beau se produise alors qu'elle est si terrifiée.

La nuit tombe soudainement. Pas de crépuscule. L'obscurité, d'un seul coup. Dans le firmament, brillent dix fois plus d'étoiles que Marlie n'en a jamais vues.

Le motel est en fait un ensemble de petites maisonnettes abritant une chambre chacune. Ce qui à l'origine devait être un bâtiment coquet et charmant est aujourd'hui devenu une bâtisse à la façade défraîchie et délabrée.

— Tu es certain de vouloir dormir ici? demande Marlie.

— J'ai déjà vu pire, répond Francis en étirant le bras pour couper le moteur. Va nous chercher une chambre et souviens-toi de payer comptant.

— Qu'est-ce que je leur dis?

— À quel propos?

— À propos de nous. Qu'est-ce que je leur raconte?

— Dis-leur ce que tu veux, ricane-t-il. Raconte qu'on est frère et sœur. Qu'on est mariés. Qu'on n'est pas mariés. Je pense qu'ils s'en fichent pas mal.

Francis a raison. Le commis à la réception porte un t-shirt taché qui arrive difficilement à couvrir son imposante bedaine. Marlie demande simplement une chambre et l'homme la lui loue sans poser de questions. Il lui tend aussitôt la clé d'une des maisonnettes.

Lorsque Marlie revient à la voiture, Francis est en train d'aider Laura à sortir du véhicule. Elle a encore l'air à moitié endormie, mais Marlie est soulagée de la voir debout.

— Donne-moi les clés, ordonne Francis.

Marlie lui tend le porte-clés en plastique qu'il fourre dans sa poche d'un geste brusque.

— Maintenant, aide-moi à l'emmener jusqu'à la chambre. Elle est encore pas mal sonnée.

Marlie se place à côté de son amie et lui tient le bras droit pendant que son bras gauche est enroulé autour des épaules de Francis. Laura avance en trébuchant, dodelinant de la tête. Ses yeux sont ouverts mais ne semblent rien voir.

— Qu'est-ce qu'elle a? demande Marlie. Est-ce qu'elle ne devrait pas aller mieux, maintenant?

— Comment est-ce que je suis censé le savoir, grogne-t-il en soutenant la presque totalité du poids de la jeune fille.

— C'est toi, l'étudiant en médecine.

— La ferme!

Ils transportent ainsi Laura jusqu'à la porte de la chambre.

— Elle est mieux de s'en remettre, dit Marlie.

— Quoi?

— Laura est mieux de s'en remettre, sinon je...

— Tu quoi? l'interrompt Francis.

Au son de sa voix, la colère qui monte en Marlie

se transforme en peur. Il se penche vers elle, le corps inerte de Laura faisant obstacle entre eux.

— Ne me menace jamais, dit-il les dents serrées.

Il pousse ensuite la porte et tous deux parviennent à faire entrer Laura.

Le chauffage est éteint et il fait aussi froid à l'intérieur qu'à l'extérieur. Des relents de cigarettes et de moisi flottent dans l'air. Les deux lits jumeaux sont habillés de couvertures jaunies et délavées. À un bout de la pièce, une petite table ronde sert de support à un ancien téléphone noir. À l'autre extrémité, se trouve une commode peinte en vert. Seul le téléviseur a l'air neuf.

— Charmant, fait Francis en déposant Laura sur un des lits.

Il se dirige vers le téléphone et le saisit.

— Ils devraient exiger une prime pour les antiquités, fait-il en tirant sauvagement sur le fil pour le détacher du mur. Ça va être plus facile pour toi de résister à la tentation comme ça, ajoute-t-il.

Marlie s'en fiche. Elle vient de se rendre compte que Francis compte dormir. Ça sera l'occasion de lui échapper. Tout ce qu'elle aura à faire, ce sera de le frapper ou peut-être de lui voler son arme. Elle est si concentrée par ses plans d'évasion qu'elle entend à peine ce qu'il lui dit.

— Pardon? Qu'est-ce que tu dis?

— Je t'ai demandé où étaient les lacets.

— Oh, je les ai laissés dans l'auto.

— Va les chercher. Je reste ici et je m'occupe de ta copine. Dépêche-toi.

Marlie sort en courant. La pensée de Laura, endormie, seule avec ce monstre la rend malade. Elle saisit le sac dans la voiture et repart de plus belle jusqu'à la porte. Elle frappe et attend en tremblant que Francis vienne lui ouvrir.

— Les voici, fait-elle en lui donnant le sac.

Francis en retire un paquet de lacets et les examine.

— Il me semble que j'avais dit des lacets d'espadrilles.

— Il n'y en avait pas.

— Ceux-ci vont faire l'affaire, conclut-il en levant les yeux vers la jeune fille. Si tu as quelque chose à faire avant de te coucher, fais-le maintenant. Après ça, tu n'en auras plus l'occasion.

— Non, je vais dormir tout habillée.

— Bonne idée, ricane-t-il. Alors, étends-toi à côté de Laura.

— M'étendre ? Mais, il n'y a pas assez de place sur ce lit !

— Pas de problème, tu peux coucher sur l'autre avec moi.

Marlie s'assoit à côté de Laura et enlève ses chaussures. Elle regarde Francis retirer les lacets de leur emballage et les étirer au maximum. C'est alors qu'elle comprend ce qu'elle aurait dû deviner dès le début.

— Tu vas m'attacher ?

— Oui. Colle tes pieds ensemble, ordonne-t-il en s'agenouillant devant elle, une paire de lacets à la main. Et ne fais rien de stupide.

Marlie frissonne en sentant les lacets de cuir s'enrouler autour de ses chevilles. Elle tente de conserver un peu d'espace entre ses pieds pour pouvoir essayer de se libérer plus tard, mais Francis les tient fermement serrés et les attache solidement.

— C'est trop serré, dit-elle.

— Tu n'avais qu'à ne pas acheter des lacets de cuir, réplique-t-il. Il faut que je les mette très serrés parce qu'ils vont s'étirer.

Il se lève et prend un autre lacet.

— Tes mains, maintenant.

Jamais Marlie n'a été aussi proche des larmes depuis que Laura est sortie de la station-service en titubant. La jeune fille a peine à croire que c'était le matin même, que ce cauchemar qui n'en finit plus dure en fait depuis moins de vingt-quatre heures. Et qu'il y a deux jours, elle était chez elle, dans son lit, à rêver à ce fabuleux voyage de ski. Elle ferme les yeux pour endiguer ses larmes.

Francis lui tire les mains derrière le dos et les attache solidement. Les cordons de cuir mordent dans la peau de ses poignets.

— Je pourrais t'attacher aux montants du lit, mais je ne pense pas que ce soit nécessaire. Tu ne vas nulle part, n'est-ce pas?

— Non, murmure-t-elle.

Francis se penche vers Laura pour l'attacher à son tour.

— Maintenant, dit-il à Marlie en s'activant, si tu te tiens tranquille, ce sera suffisant. Si tu commences à faire du bruit, je vais être obligé de te bâillonner. Compris ?

— Oui, répond-elle.

— Bon. Je me couche. Ferme les yeux, fillette.

Francis ôte son chandail, révélant un corps dur et musclé. Marlie s'empresse de fermer les yeux. Un moment plus tard, elle l'entend se glisser sous les couvertures.

— Quand vas-tu nous libérer ? ne peut-elle s'empêcher de demander.

— Quand on sera arrivés.

— Et où est-ce qu'on va ?

— Tu n'as pas besoin de savoir ça, répond-il. Maintenant, dors.

Marlie reste éveillée un long moment. Laura semble dormir paisiblement et, au bout d'un certain temps, la respiration de Francis change et prend un rythme lent et régulier. Mais Marlie n'ose pas dormir. Elle imagine avec anticipation ce que Francis pourrait faire s'il se réveillait le premier. Et elle a peur de faire des cauchemars. Mais lorsqu'elle finit enfin par s'endormir, elle sombre dans un sommeil sans rêves.

C'est le bruit de la douche qui la réveille. Elle se retourne et voit Laura étendue auprès d'elle. Le lit de Francis est vide. Elle tente de s'asseoir, mais avec les mains liées derrière le dos, c'est une entreprise difficile. Attentive aux sons provenant de la salle de bains, elle parvient à se glisser au bout du lit.

Sautillant à travers la pièce, elle réussit à atteindre la vieille commode verte. Elle s'agenouille, dos au meuble, et ouvre le tiroir du haut avec ses doigts. Elle se retourne ensuite et en examine le contenu. Il n'y a qu'une mince couverture et une Bible.

Marlie referme le tiroir avec ses jambes et répète l'opération avec les trois autres tiroirs de la commode. Tous sont vides. Découragée, Marlie se laisse tomber à terre. Elle a mal aux bras et aux jambes à force d'avoir essayé de se libérer de ses liens. Elle s'adosse au mur et se relève en poussant avec ses jambes. Elle s'apprête à revenir vers le lit lorsqu'elle réalise que la petite table où est posé le téléphone compte un tiroir. Elle sautille jusqu'au meuble.

Le bruit de la douche s'arrête et Marlie reste figée. Elle regarde la porte de la salle de bains, puis la table. Elle repart en se mordant les lèvres. Elle est presque rendue au but lorsqu'elle entend le rideau de la douche glisser sur sa tringle. Marlie se retourne pour pouvoir ouvrir le tiroir. Ses doigts tâtonnent pendant d'interminables secondes avant de parvenir à agripper le bouton et à le tirer. Elle pivote, certaine d'être déçue encore une fois.

Dans le tiroir se trouvent un stylo, du papier et un paquet d'enveloppes. Marlie pivote de nouveau et étire les doigts pour attraper le stylo. Elle est incapable de prendre le papier, mais parvient à saisir le coin d'une enveloppe.

Un autre bruit se fait entendre dans la salle de bains. Marlie se retourne, ferme le tiroir à l'aide de son genou, et bondit jusqu'au lit. Le matelas vibre encore sous son poids lorsque Francis émerge de la salle de bains.

Il porte ses jeans et une serviette est drapée sur ses épaules. Ses cheveux sont mouillés et des gouttes d'eau perlent sur sa peau.

— Bonjour, dit-il.

Les doigts de Marlie s'activent derrière son dos pour insérer le stylo et l'enveloppe dans la poche de ses jeans.

— Il faut que j'aille à la salle de bains, fait-elle.

— O.K. Je ne pense pas que tu puisses faire beaucoup de grabuge là-dedans, répond-il en se dirigeant vers elle. Reste tranquille pendant que je te détache, sinon tu vas devoir y aller en sautillant.

— Ça va.

Il commence à défaire les liens qui retiennent ses chevilles. Marlie songe un moment à lui donner un coup de pied, mais elle est certaine qu'il s'y attend. Francis avait raison quand il a dit que les liens de cuir s'étireraient. Ils ne lui font plus aussi mal que la veille. Quand même, elle sent le sang affluer dans ses pieds lorsqu'il défait le dernier nœud. Elle se retourne pour lui présenter ses mains.

Marlie craint qu'il n'aperçoive la bosse que fait

le stylo dans sa poche, mais il la détache sans mot dire.

— Merci, dit-elle en massant ses poignets endoloris.

— Ne prends pas trop de temps, fait-il.

Elle fait oui de la tête et passe devant lui. Elle ferme la porte de la salle de bains, la verrouille et se laisse aller contre elle. Le simple fait d'avoir mis cette barrière entre Francis et elle la soulage au plus haut point.

Elle s'empresse de sortir le stylo et l'enveloppe de sa poche. L'enveloppe est jaunie par le temps et le stylo n'a guère l'air plus jeune. Pourvu qu'il écrive !

Ça marche ! Marlie se met à écrire.

Kidnappées. Marlie Paradis et Laura Bolduc (adresse) retenues prisonnières par un homme aux yeux bleus et aux cheveux brun foncé qui se fait appeler Francis. Voyageons dans une Mustang bleue immatriculée au Québec.

La jeune fille essaie sans succès de se rappeler le numéro de la plaque minéralogique de l'auto. Si seulement Francis leur avait donné son nom de famille. Pourvu que les informations contenues dans cette note soient suffisantes.

Elle jette un regard circulaire à la salle de bains à la recherche d'une cachette. Il faut qu'elle trouve un endroit où Francis ne risque pas de trouver le billet s'il revient dans la pièce. Un endroit où le préposé au ménage ne manquera pas de le découvrir. À prime abord, il lui semble que la douche soit la meilleure cachette, mais elle se ravise.

Juste au-dessus du lavabo se trouve un appareil d'éclairage muni d'une seule ampoule. En faisant attention de ne pas faire de bruit, Marlie en enlève le couvercle. L'ampoule est brûlante mais la jeune fille réussit à la dévisser suffisamment pour qu'elle s'éteigne. Il fait noir comme dans un four, mais elle parvient quand même à insérer la note à l'intérieur de la lampe et à remettre le couvercle en place.

— Achèves-tu là-dedans ?

— Oui, lance Marlie. Encore une petite minute.

En ressortant de la salle de bains, Marlie est surprise de voir Laura assise sur le bord du lit, en grande conversation avec Francis.

— Regarde qui vient de se lever, fait Francis.

— Laura, tu vas bien ?

— Oui mais, c'est bizarre, je ne sais pas comment on est venus jusqu'ici, répond-elle en souriant avec l'air de s'excuser. J'ignore ce qui m'arrive.

— Qu'est-ce que tu te rappelles ? demande Marlie en se dirigeant vers elle.

— Je me rappelle être arrivée au motel... m'être levée. Mais je suis incapable de me souvenir de la journée d'hier.

— Je racontais justement à Laura qu'on a pris un raccourci et qu'on s'est perdus, fait Francis avec un petit rire. Pas étonnant qu'elle veuille oublier ça.

— Mais Laura, tu n'as sûrement pas oublié la station-service ?

— La station-service ? répète la jeune fille, l'air sincèrement perplexe.

— Écoutez, les filles, interrompt-il, je prends mes affaires et on s'en va. On trouvera un endroit pour déjeuner et on discutera de tout ça là-bas.

Le jeune homme se rend dans la salle de bains. Marlie l'entend essayer l'interrupteur à plusieurs reprises.

— L'ampoule est grillée, lance-t-elle.

— Quelle station-service ? demande à nouveau Laura.

— Laura ! chuchote Marlie, on ne s'est pas perdus, Francis nous a kidnappées ! Tu ne te souviens vraiment de rien ?

— Kidnappées ? s'exclame Laura. Tu n'es pas drôle, Marlie.

— Prêtes, les filles ? demande Francis en sortant de la salle de bains.

— Oui, fait Laura. Je pense que oui.

— Super ! Fichons le camp d'ici ! dit-il en tenant la porte ouverte pendant que Laura sort. Et toi, ajoute-t-il à l'intention de Marlie, fais attention à tes paroles.

La jeune fille quitte la chambre et suit son amie dans le stationnement.

Chapitre 8

Marlie a envie de hurler. Pas à cause de la peur que lui inspire Francis, mais plutôt de frustration.

Elle a vécu l'expérience la plus terrifiante de toute sa vie à la station-service. Elle a enduré la longue journée sur la route, l'estomac noué par la terreur. Elle a failli succomber à une crise de panique au dépanneur. Elle a passé une nuit affreuse, ligotée, avec son ravisseur à quelques mètres d'elle. Et voilà que Laura est là à bavarder et à rigoler avec Francis comme si de rien n'était.

— Je suis vraiment désolée de m'être comportée de manière aussi bizarre, dit Laura au moment où Marlie arrive à sa hauteur.

— Ce n'est pas grave, réplique Francis. Ça doit être le stress.

— Ou un choc, ajoute Marlie.

— Quel genre de choc ? demande Laura en se tournant vers elle.

Derrière le dos de Laura, Francis fait de grands signes de négation à Marlie et lui montre d'un air entendu le sac de cuir qu'il tient à la main et dans lequel se trouve le pistolet. Mais la jeune fille est trop tendue pour s'arrêter.

— Comme d'être kidnappée, par exemple.

— On dirait que Marlie a des problèmes de mémoire, elle aussi, fait Francis en riant.

Laura regarde son amie, une expression étrange peinte sur le visage. Elle penche la tête de côté et plisse le front, l'air vraiment désorientée.

— Pourquoi passes-tu ton temps à dire ça? demande-t-elle.

— Parce que c'est la vérité, répond fermement Marlie.

Francis pousse un soupir sonore.

— Bon, je vois que je vais être obligé de te raconter ce qui s'est passé hier, dit-il en enfonçant les mains dans ses poches et en s'appuyant sur la voiture. Tu te souviens que Marlie était contre l'idée que je fasse la route avec vous deux, n'est-ce pas?

— Oui.

— Eh bien, poursuit-il, ce qu'elle voulait, c'est que je reste à cet endroit, hier, jusqu'à ce qu'un ami puisse venir me chercher.

— Ce n'est pas vrai! s'écrie Marlie.

Elle voit bien que tout cela amuse Francis; ce n'est qu'un jeu pour lui.

— Marlie et toi vous êtes disputées, reprend-il avec un air de regret. Crois-moi, j'en suis désolé. Je n'ai jamais voulu m'immiscer entre deux bonnes amies comme vous autres.

— Menteur, siffle Marlie.

— Laisse-le finir, s'impatiente Laura.

— Quoi qu'il en soit, continue Francis, tu lui as dit que tu n'allais pas m'abandonner et on a décidé de quitter l'autoroute. On s'est perdus et voilà !

— Rien de tout ça n'est vrai, fait Marlie.

Laura porte les mains à son visage et secoue la tête.

— Je ne me souviens de rien.

— Ça va te revenir, la rassure Francis en posant gentiment la main sur son épaule.

Sa voix est aussi douce qu'à l'habitude mais, au-dessus de la tête inclinée de Laura, il lance à Marlie un regard de haine pure.

— Es-tu assez en forme pour conduire ?

— Oui, répond Laura en retirant les mains de son visage. Allons-y.

Francis lui ouvre la portière et l'aide à monter dans la voiture.

— Ne t'en fais pas, dit-il. Tout va rentrer dans l'ordre.

Il referme la porte avec force.

Marlie s'apprête à monter à son tour, mais Francis lui saisit le bras et le serre douloureusement.

— Toi, tu dis un mot de plus au sujet de ce qui s'est passé hier et je te tords le cou. On va voir comment la jolie Laura va réagir à ce choc-là.

— T'es malade, dit Marlie d'une voix tremblante.

Elle n'a pas encore pleuré et elle n'a nullement l'intention de lui donner cette satisfaction.

— Tout ça t'amuse, n'est-ce pas ?

— Ça aide à passer le temps, répond-il.

Il ouvre la portière et avance le dossier du siège pour que Marlie puisse se glisser à l'arrière.

Francis continue de faire croire à Laura qu'ils se sont égarés la veille. Il consulte la carte routière pendant qu'ils déjeunent dans le stationnement d'un restaurant-minute où ils ont pris une commande à l'auto.

— On pourrait faire demi-tour par le même chemin qu'hier, mais ça va nous prendre toute la journée et on va être encore loin de notre destination.

— Est-ce qu'il y a un autre moyen ?

Francis indique du doigt une petite ligne sur la carte.

— Si on demeure sur cette route-ci, on va rejoindre une autre autoroute qui, elle, va nous mener jusqu'au mont Indien.

— D'accord, fait Laura. C'est parti !

Le paysage est monotone. Que des champs à perte de vue avec, de temps à autre, une maison ou une grange. Marlie commence à geler, assise en arrière. Lorsqu'ils ont quitté le motel, le matin même, l'auto était couverte de givre. Le chauffage a beau fonctionner à l'avant, pas la moindre chaleur ne parvient jusqu'à elle. Elle se recroqueville, regrettant amèrement de n'être pas restée à la maison.

Francis et Laura discutent toute la matinée. Marlie ne fait pas attention à ce qu'ils disent. Ils semblent avoir repris la conversation là où ils l'ont laissée avant-hier. Laura parle de son père et de la façon dont il n'est jamais satisfait d'elle. Francis hoche la tête et émet les sons appropriés pour indiquer qu'il sympathise avec elle.

Tout à coup, Laura s'interrompt. Elle relâche légèrement l'accélérateur et la voiture se met à ralentir.

— Qu'est-ce qui se passe? demande Francis.

— N'as-tu pas dit que tu n'allais pas faire la route avec nous, aujourd'hui? interroge-t-elle en tournant la tête vers lui.

— Non, je...

— C'était hier, intervient Marlie. C'est hier qu'il a dit ça.

— Tu voulais qu'on t'emmène quelque part, poursuit Laura en hochant la tête. Un de tes amis devait venir te prendre.

Francis secoue la tête avec véhémence.

— Mais non, Laura. Tu as rêvé ça.

Mais la jeune fille ne semble pas l'avoir entendu.

— On t'a conduit jusqu'à...

— Une station-service! s'écrie Marlie.

— Oui, fait Laura, c'est ça. Jusqu'à une station-service.

— Non, répète Francis. Tu as rêvé.

— On l'a déposé, renchérit Marlie.

— Et puis, je suis retournée chercher une boisson gazeuse, continue Laura en hochant vigoureusement la tête. C'est ça! Je me souviens!

— Laura, arrête! crie Francis.

— Je suis entrée chercher une boisson et j'ai vu Francis, debout près du comptoir. Il tenait à la main un...

Elle bafouille un instant et Marlie voit son amie se raidir.

— Il avait un pistolet dans la main et quelqu'un était...

Elle freine soudainement à mort.

Marlie est projetée contre le dossier du siège de Laura. La force de l'impact lui coupe le souffle et, à l'extérieur, elle voit le décor tourner comme si elle se trouvait sur un carrousel. La voiture patine sur le chemin en tournoyant comme une toupie.

Le klaxon émet un son strident au moment où Laura heurte le volant. Mais, heureusement, sa ceinture de sécurité est bouclée. Elle tente de toutes ses forces de maîtriser le véhicule afin d'éviter qu'il ne dérape jusque dans le fossé, mais ne relâche pas la pression sur les freins.

Francis, lui, ne porte pas sa ceinture. Sa tête frappe le pare-brise de plein fouet, laissant un réseau de fissures étoilées dans la vitre teintée. Son corps est ensuite projeté de nouveau vers l'arrière et Marlie a le temps de voir ses yeux bleus rouler sous ses paupières avant qu'il ne s'affaisse à bas de son siège.

La Mustang décrit un dernier cercle, hésite un moment sur deux roues, puis retombe d'aplomb avant de s'immobiliser sur la route. Pendant quelques secondes, Marlie n'a conscience de rien d'autre que de ses efforts douloureux pour faire pénétrer de l'air dans sa poitrine. Puis la porte s'ouvre, le dossier devant elle s'avance et Laura se penche sur elle.

— Ça va, Marlie? demande-t-elle anxieusement.

— Francis, fait péniblement Marlie. Comment est-il?

Laura regarde le jeune homme puis de nouveau son amie.

— Il a l'air d'avoir perdu connaissance. Je pense qu'il s'est frappé la tête.

Marlie tend les bras et Laura l'aide à s'extirper de la voiture. Une fois debout, la jeune fille se sent mieux et sa respiration se fait moins laborieuse.

Pendant ce temps, Laura observe la masse inerte de Francis.

— Tu ne cois pas qu'il est mort, au moins, non?

— Non, répond Marlie. Je ne pense pas.

— Oh, Marlie. Tu avais raison, il nous a kidnappées, dit-elle, les yeux brillants de larmes. Je suis désolée de ne pas t'avoir crue.

Tout se brouille et il faut un moment à Marlie pour se rendre compte que c'est parce qu'elle pleure, elle aussi.

— Ce n'est pas grave.

Laura lui ouvre les bras et les deux amies s'étreignent pendant une longue minute dans le vent glacial.

— Qu'est-ce qu'on fait, maintenant? finit par dire Laura.

— On va directement à la police, répond Marlie. Je crois qu'il n'a pas seulement tué le commis de la station-service.

— Penses-tu qu'il va rester inconscient jusqu'à ce qu'on trouve une station de police?

— Je ne cours pas ce risque, rétorque Marlie en faisant le tour de l'auto pour ouvrir la portière du côté du passager. Viens m'aider.

— Qu'est-ce que tu comptes faire?

— On va le laisser ici.

Marlie se penche à l'intérieur et attrape un des bras de Francis. Elle s'attend presque à ce qu'il se réveille brusquement et l'empoigne, mais son bras est mou comme une chiffe. Les deux jeunes filles tirent de toutes leurs forces pour le dégager de l'auto et l'étendre dans les hautes herbes qui bordent la route. Son front est terriblement enflé.

— Et maintenant, qu'est-ce qu'on fait? demande Laura.

— On fait la même chose qu'il nous a fait, on le ligote.

— Il nous a attachées?

Marlie prend le poignet de Laura et le lui met sous les yeux.

— Regarde.

La jeune fille voit avec horreur les fines lignes rouges laissées par les liens.

— Le salaud, dit-elle, furieuse.

Marlie aperçoit le sac de cuir de Francis gisant au fond de la voiture. Elle s'étire et s'en saisit.

— Il nous faut les lacets de cuir. Ils doivent être là-dedans.

Elle ouvre le sac et jette un coup d'œil à l'intérieur. Elle voit le métal mat du pistolet, un rouleau de billets de banque et plusieurs contenants jaunes qui ressemblent à des bouteilles de pilules.

Francis gémit et se retourne.

— Viens, Marlie. Allons-nous-en !

— Il n'est pas attaché. Il va se lever et s'enfuir.

Francis gémit de nouveau. Laura recule de plusieurs pas.

— Où veux-tu qu'il aille ? On n'a pas vu une seule maison depuis une quinzaine de kilomètres. Au moins, on sera loin de lui.

— O.K., acquiesce Marlie en refermant le sac et en le lançant dans la voiture. Déguerpissons.

Laura fait le tour de l'auto en courant et saute sur le siège. Juste au moment où Marlie referme sa porte, Francis réussit à se mettre sur les genoux. L'auto franchit à peine quelques mètres qu'il est déjà debout et tente de la suivre en vacillant.

— Ouf ! On l'a échappé belle ! fait Laura. Est-ce que le pistolet est dans le sac ?

— Oui.

— On aurait dû le tuer.

Marlie se retourne vers son amie pour voir si elle parle sérieusement. Laura a l'air très sérieuse.

— La police va le retrouver, dit-elle.

Une camionnette rouge se dirige vers elles dans la voie de gauche.

— On pourrait peut-être leur demander de venir à notre secours ? suggère Laura en pointant le véhicule du doigt.

— Il s'agit probablement d'un vieux fermier, répond Marlie. Attendons de rencontrer quelqu'un qui saura quoi faire.

La camionnette les croise et Marlie a le temps d'apercevoir un homme qui porte un chapeau de cow-boy. La jeune fille regarde en arrière jusqu'à ce que le véhicule disparaisse. Elle se sent tout à coup prise de vertige.

— On a réussi, dit-elle. On lui a échappé.

Elles roulent encore quelques minutes avant d'apercevoir un commerce le long de la route. Même de loin, il est évident que le magasin est fermé depuis fort longtemps. Mais il y a une cabine téléphonique au coin et d'après l'affiche récente suspendue au-dessus, les jeunes filles en concluent que l'appareil doit fonctionner.

— Arrêtons-nous ici, fait Marlie. On va pouvoir appeler la police avant que Francis puisse aller bien loin.

Laura se gare dans la cour de gravier et les deux amies se dirigent vers la cabine. Celle-ci est d'un ancien modèle, faite de verre et de métal avec une porte pliante d'un côté.

— Laquelle de nous deux devrait appeler? demande Laura.

— Je vais le faire, répond Marlie.

Marlie pénètre dans l'étroite cabine. Elle décroche le récepteur et compose le 911. Rien ne se passe.

— Qu'est-ce qu'il y a? interroge Laura.

— On est trop loin des grands centres. Il n'y a pas de système d'urgence par ici.

— Appelle la téléphoniste, fait Laura. Elle va savoir quoi faire.

Après quelques minutes de questions, la téléphoniste parvient à déterminer quel service de police couvre le secteur où elles se trouvent. Marlie doit ensuite insister pour convaincre la téléphoniste qu'il s'agit réellement d'un cas d'urgence.

— Que se passe-t-il? fait Laura.

— Elle essaie de me mettre en communication avec une station de police. Ça sonne.

— Par-dessus l'épaule de Laura, Marlie aperçoit un véhicule qui s'approche d'elles. On dirait une camionnette.

— Service de police, dit une voix à l'autre bout du fil.

— Bonjour, dit Marlie. Je voudrais signaler un meurtre et un kidnapping.

— C'est une farce ou quoi?

— Non, répond Marlie, je suis très sérieuse.

— Pouvez-vous attendre une minute ? Je vous passe le chef de police.

— D'accord.

Marlie couvre le combiné de sa main.

— Elle est partie chercher le chef de police. Ce ne sera pas long.

Un bruit lui fait lever les yeux. La camionnette a quitté la route et fonce sur elles à vive allure.

— Mademoiselle, êtes-vous toujours là ? demande la voix au téléphone.

— Au secours ! crie Marlie avant de laisser tomber le combiné.

Elle sort de la cabine et court vers la voiture. Plus rapide qu'elle, Laura est déjà au milieu du stationnement. La camionnette fait demi-tour puis fonce vers la jeune fille dans un grondement de moteur.

Marlie essaie de rattraper son amie mais elle est impuissante. Le véhicule franchit rapidement la distance qui le sépare de Laura. Il va la frapper dans une seconde. Puis il fait une chose inattendue. Il dépasse Laura, lui barre le chemin et vient s'arrêter en dérapant à côté de la Mustang. La porte du conducteur s'ouvre à toute volée.

À moins d'un pas de la camionnette, Laura pousse un cri et recule, terrorisée. Marlie s'arrête net dans sa course, ses jambes se dérobant sous elle.

L'homme qui descend du camion n'est nul autre que Francis.

La bosse qu'il a sur le front est maintenant d'un

rouge foncé. Ses yeux bleus brillent comme des néons. Marlie s'attend à ce qu'il les menace, qu'il frappe Laura ou qu'il se précipite sur elle-même. Elle croit qu'elle va mourir. Mais rien de tout cela ne se produit.

Dès qu'il touche le sol, il fait le tour du véhicule et disparaît de la vue de Marlie.

Elle court vers son amie.

— Ça va?

— Comment est-ce que ça pourrait aller? fait Laura en secouant la tête.

Marlie se souvient soudain que le sac de Francis se trouve dans la Mustang.

— Le pistolet! s'écrie-t-elle en se précipitant vers l'auto.

Mais Francis émerge au même instant de derrière la camionnette. Dans sa main gauche, il tient son sac de cuir. Dans la droite, son arme.

— Montez dans l'auto, fait-il, l'air plus fatigué que fâché. Tout de suite!

Ni l'une ni l'autre ne bouge.

La détonation fait un bruit incroyable. La balle soulève un nuage de poussière au pied des filles et, à travers le tissu de ses jeans, Marlie sent une pluie de petits cailloux lui pulvériser les jambes.

— Si je fais feu une autre fois, ce sera pour vous tuer, dit Francis. Montez!

Marlie pousse doucement Laura et les deux amies font le tour de la camionnette. Francis les suit de près, l'arme au poing.

En montant dans la voiture, Laura s'arrête un moment et se tourne vers Marlie.

— On ne lui échappera jamais, n'est-ce pas?

Marlie ne répond rien.

Chapitre 9

— À cause de vos manigances, dit Francis, il va encore falloir changer de direction.

Il semble reprendre des forces de minute en minute et revenir à sa nature froide et menaçante. L'enflure de son front diminue, faisant place à une ecchymose multicolore.

— Où est-ce que tu essaies d'aller? demande Marlie.

— Tu aimerais ça le savoir, hein? répond-il avant de se tourner vers Laura. On va croiser une autre route dans quelques kilomètres. Tu tourneras à gauche à l'intersection.

— Qu'est-ce que tu as fait, là-bas? demande Laura.

— Où ça, là-bas?

— Comment as-tu réussi à t'emparer de la camionnette?

— La camionnette, fait Francis en s'enfonçant dans son siège et en posant les pieds sur le tableau de bord. Le conducteur était un vrai Samaritain. Il s'est arrêté pour voir ce qu'un pauvre gars comme moi pouvait bien faire là, sur le bord de cette route, au milieu de nulle part.

Il pose la main sur l'épaule de Laura.

— Ce voyage est décidément rempli de bons Samaritains.

— Qu'est-ce que tu lui as fait? demande Marlie bien qu'elle connaisse déjà la réponse.

Francis renverse la tête pour la regarder par-dessus le dossier du siège.

— Je l'ai tué, répond-il calmement. J'ai pris un bout de clôture de métal à l'arrière de sa camionnette et je lui ai ouvert le crâne avec.

Marlie frissonne et elle entend Laura marmonner quelque chose.

— Eh bien quoi? Est-ce que j'avais le choix? demande-t-il. Vous étiez parties toutes les deux. Je savais que vous alliez me mettre dans un pétrin terrible. Je n'avais pas le temps de raisonner le bonhomme. C'est votre faute, en fait, s'il est mort. Je n'aurais jamais eu besoin de faire ça si vous ne m'y aviez pas forcé, ajoute-t-il d'un faux air de regret.

Marlie se demande si chacune de ses expressions est réelle ou s'il s'agit plutôt d'un masque servant à cacher son absence totale d'émotion. Elle ne croit pas que Francis puisse éprouver le moindre regret et elle est certaine qu'il ignore la culpabilité.

Ils atteignent l'intersection dont a parlé Francis et Laura tourne à gauche. Cette nouvelle route est en piètre état et la jeune conductrice doit ralentir pour éviter les nombreux nids de poule. Au bout d'une heure à se faire secouer ainsi, ils arrivent à un petit village. Tout comme celui de la veille, il ne semble être constitué que d'une station-service et d'un magasin général.

— Il est temps que tu ailles nous chercher quelque chose à manger, Marlie, fait Francis lorsque la voiture s'arrête devant le magasin.

Il sort et laisse passer la jeune fille, lui rappelant au passage de ne parler à personne et de ne rien faire qui puisse l'irriter. Il a encore le pistolet à la main et le pointe vers Laura.

— N'oublie pas ton amie, dit-il d'un ton menaçant.

Le magasin est plus grand que celui dans lequel elle est entrée la veille. Il s'agit d'une vieille bâtisse aux larges allées dont les tablettes sont chargées de vraie nourriture : pain, farine, viande.

Marlie déambule entre les rangées, un panier d'épicerie au bras, essayant de choisir des aliments qu'ils pourront manger en route. Si seulement elles avaient apporté une glacière, elle pourrait prendre des boissons et des viandes froides. Peut-être même que si elles avaient eu une glacière, Laura ne serait pas retournée à l'intérieur de la station-service où Francis a abattu le commis et qu'elles ne seraient pas aujourd'hui dans cette situation désastreuse.

Elle a déjà mis dans son panier des biscuits, un sac de carottes, quelques bananes et six canettes d'orangeade lorsqu'elle réalise que, tout au fond, dans un recoin qui ne peut être vu de l'extérieur, se tient un employé en train de ranger des boîtes de conserve sur une étagère.

Marlie jette un coup d'œil dehors et voit que Francis ne la quitte pas des yeux. Elle détourne son regard, essayant d'avoir l'air de ne pas se douter qu'il la surveille. Son panier se balançant au bout du bras, elle marche lentement dans l'allée et tourne le coin de la dernière allée, là où Francis ne peut la voir.

Le sang lui bat aux oreilles pendant qu'elle se dirige lentement vers le commis. Elle est obligée de s'arrêter à quelques reprises pour se donner du courage. L'allée lui semble interminable, mais elle finit enfin par arriver à la hauteur de l'homme.

Impossible. Le risque est trop grand. Elle s'apprête à rebrousser chemin, à abandonner toute idée de demander de l'aide. Mais le commis se tourne vers elle.

C'est un homme d'âge moyen dont les cheveux noirs sont parsemés de gris. Il a le teint si bronzé qu'il ressemble davantage à un cow-boy qu'à un commis d'épicerie.

— Qu'est-ce que je peux faire pour vous ? demande-t-il.

Marlie ouvre la bouche mais pas un mot ne sort. Elle s'éclaircit la gorge et essaie de nouveau.

— Il y a un homme, dit-elle, dehors dans la voiture, et il...

— Marlie ! Te voilà ! fait une voix derrière elle.

Marlie sent son cœur s'arrêter. Il se fige entre deux battements, hésite un moment puis repart à grands coups désordonnés dans sa poitrine. La jeune fille se retourne et aperçoit Francis qui s'avance vivement vers elle, poussant Laura devant lui. Avec un bleu sur le front et ses jeans souillés, il a l'air un peu dépenaillé mais le sourire qu'il arbore est aussi éclatant que jamais. Laura sourit, elle aussi, mais son sourire manque de naturel.

— On commençait à s'inquiéter, fait Francis en s'approchant d'elle.

— Je faisais juste un peu d'épicerie, réplique Marlie.

Il y a quelque chose d'étrange dans la démarche de Laura. Elle ne fait pas que marcher devant Francis, on dirait qu'elle est collée sur lui. Au moment où ce dernier arrive près de Marlie, il fait le tour de Laura et vient se placer derrière la jeune fille. Il lui passe un bras autour de la taille et elle sent aussitôt le canon du pistolet s'enfoncer dans ses côtes.

— As-tu tout trouvé ? demande-t-il.

— Oui.

— Alors, allons-y. On a pas de temps à perdre.

Il se retourne vers le commis et lui explique :

— Il faut qu'on roule le plus possible pendant qu'il fait jour.

Il enfonce davantage son arme dans le dos de Marlie et l'entraîne vers l'autre bout du magasin. Il demeure derrière elle pendant qu'elle paie ses articles en bavardant gentiment avec la caissière.

Arrivés à la voiture, il ouvre violemment la portière et pousse Marlie à l'intérieur.

— Ça, c'était stupide, dit-il pendant que Laura lance le moteur. Vraiment stupide.

— Quoi donc? demande Marlie.

— Ne fais pas l'innocente.

Sa main part aussi vite que l'éclair. Cette fois, il ne s'agit pas d'une gifle. C'est un coup de poing. Les jointures de Francis frappent le crâne de Marlie juste au-dessus de l'oreille et lui projettent la tête au fond du dossier. Des milliers de points dansent devant ses yeux et les oreilles lui bourdonnent.

— Je n'ai rien dit, reprend-elle, consciente que Laura fixe Francis, hébétée.

— Ah non? Et qu'est-ce que tu faisais avec cet homme?

— Je lui demandais quelque chose.

— Et on peut savoir quoi?

— Où se trouvait la glace. Je me disais que si on avait de la glace on pourrait conserver nos breuvages froids.

Son mensonge semble apaiser quelque peu Francis.

— Peut-être, fait-il avant de se retourner vers Laura. Qu'est-ce que tu attends? Démarre!

Le coup de poing semble avoir autant sonné Laura que Marlie. Elle cale presque le moteur en voulant sortir du stationnement et fait protester bruyamment la transmission.

En dépit de la fraîcheur du temps, Marlie est en nage. Elle sent des gouttes de sueur lui couler le long des côtes. Ses mains laissent des empreintes humides sur le siège de vinyle de la Mustang. Elle s'attend à ce que Francis se retourne et la frappe encore. Pire : qu'il sorte son arme et la menace. Elle le souhaite presque. Tout plutôt que de laisser s'éterniser ce cauchemar. Mais Francis ne s'occupe plus d'elle.

Au lieu de cela, on dirait que tout ce qui lui importe, c'est de leur faire faire des détours. À tel point que Marlie a l'impression qu'ils tournent en rond.

Le paysage se fait de plus en plus désolé. Ici et là, une poignée d'herbe brunâtre réussit à pousser dans le sol rocailleux et les clôtures qui bordent la route sont en ruine.

Il est encore tôt lorsque Francis annonce qu'ils vont s'arrêter pour la nuit.

— Pourquoi s'arrêter tout de suite ? demande Marlie.

Francis se retourne vers elle et lui fait son sourire sincère et chaleureux, ce sourire que Marlie a appris à détester.

— Tu tiens donc tellement à continuer de rouler ?

— J'ai juste hâte que tout ça soit fini.

— Ça achève, ne t'en fais pas, fait-il en se passant la main sur la vilaine bosse qu'il a au front.

Mais je suis fatigué, ce soir, et c'est bizarre mais j'ai mal à la tête.

— Il n'y a rien par ici, dit Laura. Est-ce qu'on va devoir dormir dans l'auto?

— Sois patiente, tu vas voir.

Dix minutes plus tard, la petite route sur laquelle ils roulent croise l'autoroute. Après deux jours de petits villages, le groupe de restaurants-minute, de stations-services et de motels agglutinés le long de l'intersection fait penser à une grande ville.

Ils ont le choix entre trois motels. Francis décide de prendre celui qui a l'air le moins cher et ordonne à Laura d'y garer la voiture. Celle-ci descend et avance son dossier pour laisser passer Marlie, mais Francis l'en empêche.

— Oh non! pas ce coup-ci, dit-il. J'ai de sérieux doutes quant à la petite histoire que Marlie nous a racontée à propos du commis à l'épicerie. C'est au tour de Laura d'aller nous chercher une chambre, ajoute-t-il en se retournant vers elle.

À cette idée, les yeux de la jeune fille s'agrandissent de peur.

— Qu'est-ce que je dois faire? demande-t-elle.

— Demande simplement une chambre pour toi et tes deux cousins, répond Francis. Et souviens-toi que la vie de Marlie dépend de toi. Alors, garde ton sang-froid.

— Ça va aller, Laura, la rassure Marlie.

La jeune fille acquiesce, mais sort nerveusement de l'auto pour se rendre à la réception du motel.

Francis ne la quitte pas des yeux.

— Ton amie est très belle, mais on ne peut pas dire qu'elle soit très futée.

— Tu veux rire ! Ses notes sont fantastiques. Elle va être médecin.

— Elle ne sera jamais médecin, réplique-t-il. Elle n'a pas la peau assez dure.

— Ce n'est pas vrai. Elle est forte !

Francis étire le bras au-dessus du siège et lui agrippe le poignet. Il l'attire vers lui.

— Pas aussi forte que toi, Marlie. Elle n'a jamais eu à faire face à la pression avant. Ça se voit. C'est pour ça qu'elle a craqué.

Il tire la jeune fille encore plus près, à tel point que ses lèvres lui effleurent la joue quand il parle.

— Je commence à te trouver pas mal de mon goût.

— Dommage parce que moi, je ne t'aime pas du tout.

— Ça va venir, fait-il en souriant. Donne-toi encore quelques jours.

Il la repousse brutalement au fond de son siège.

— Où est Laura ? fait-il.

— Ça fait juste une minute qu'elle est partie.

— Elle a eu amplement le temps de prendre une chambre, dit-il en se retournant pour regarder par la vitrine du motel. Elle parle encore avec le commis. Elle est en train de tout lui raconter.

Sa voix enfle et il a l'air sur le point d'exploser.

— Mais non, réplique Marlie.

— Je te dis que oui ! crie Francis. Elle n'a pas de tripes. Elle est en train de tout déballer.

Il baisse soudain le ton et sa voix redevient un murmure. Dans ses yeux s'allume la lueur bleue, la lueur meurtrière, pense Marlie.

— Ton amie vient de te tuer, dit-il en sortant son arme et en la braquant directement sur elle.

Elle veut courir, se sauver, crier au secours. Mais elle n'en fait rien. Elle ne bouge pas un muscle. Elle cesse même de respirer, paralysée par la peur.

C'est alors que Laura ouvre la portière de la Mustang.

— Qu'est-ce qui se passe ? demande Laura.

— As-tu pris une chambre ? fait Francis en gardant son arme pointée sur Marlie.

— Oui.

Il baisse son arme et sourit.

— Marlie et moi, on s'amusait un peu, hein Marlie ?

Marlie sort de la voiture comme une automate, tombe à genoux sur l'asphalte et vomit.

Chapitre 10

Le lacet de cuir lui mord la peau des poignets.

— Aïe! Es-tu obligé de les mettre aussi serrés? s'exclame Marlie.

— Ils étirent, fait Francis en retournant la jeune fille sur le dos.

— Il me semblait qu'ils avaient déjà étiré.

— Tranquille!

Laura est à côté d'elle, ligotée elle aussi. Cette fois, il ne s'est pas contenté de leur attacher les mains et les pieds. Il leur a également ficelé les genoux et les coudes.

— Combien de temps vas-tu nous laisser comme ça? demande Laura.

— Si je pouvais vous faire confiance, je n'aurais pas besoin de faire ça, dit-il en s'approchant de la jeune fille. Mais je ne peux pas, n'est-ce pas, Laura?

Francis se relève et traverse la chambre. Au lieu de se préparer à se coucher, comme il l'a fait la veille, il sort un peigne de son sac et s'installe devant le miroir, lissant ses cheveux foncés vers l'arrière.

— C'est dur de prendre soin de vous deux. Je mérite une soirée de congé.

— Une soirée de congé ? fait Laura.

— Ouais, dit-il. J'ai pas mal soif. Si ça ne vous dérange pas, je vais aller boire un coup.

— C'est ça. Vas donc te noyer, dit Marlie.

— Tu es tellement chouette, Marlie, rigole-t-il. Je peux toujours compter sur toi pour me faire rigoler.

Il met le peigne dans la poche arrière de son jean.

— Je reviens bientôt. Et... pas de folies, hein les filles ?

— On ne bougera pas, fait amèrement Marlie.

Francis se dirige vers la porte lorsqu'il fait subitement demi-tour.

— Ah oui ! j'oubliais.

Il se dirige vers le sac de voyage de Laura et l'ouvre.

— Touche pas à mes affaires, dit Laura.

Francis se met à fourrager parmi les vêtements de Laura, jetant tout pêle-mêle sur la table.

— Je ne voudrais tout de même pas que vous perdiez vos jolies voix à force de vous époumoner, explique-t-il en sortant deux paires de bas roulés.

— Ne nous bâillonne pas, dit Marlie. On va être tranquilles.

— J'vous crois sur parole.

— Pas besoin de... commence Marlie.

Francis lui enfonce une paire de bas dans la bouche.

La jeune fille est aussitôt prise d'une quinte de toux, mais la boule de coton en atténue le son. Elle essaie d'écarter davantage les mâchoires et de repousser les bas avec sa langue, mais chacun de ses efforts se solde par une violente sensation d'étouffement qui la laisse sans force, incapable de respirer. Les larmes lui montent aux yeux. Elle pense qu'elle va s'évanouir. Elle tente désespérément de faire entrer un peu d'air dans ses poumons. Elle entend à peine Francis qui fait subir le même sort à Laura. Il dit quelque chose mais, prise d'une nouvelle quinte de toux, Marlie ne distingue que son ton moqueur, pas ses paroles. Puis, la porte claque et les deux amies se retrouvent seules.

Il faut quelques minutes à Marlie avant de réussir à se retourner suffisamment pour voir Laura. Lorsqu'elle y parvient enfin, elle aperçoit Laura qui la regarde également, ses yeux exprimant la fureur. Son amie a elle aussi la bouche grande ouverte par une paire de bas.

Ça devrait être effrayant, enrageant même. Mais la vue de cette bouche ronde d'où émerge un bas lui donne envie de rire. La pensée qu'elle-même doit avoir l'air aussi ridicule rend la situation encore plus drôle. Elle éclate de rire mais s'étrangle aussitôt. Encore une fois, elle passe à un cheveu de perdre conscience et reprend la maîtrise de sa respiration juste à temps.

Laura se rapproche en se tortillant. Elle essaie en vain de dire quelque chose, mais ses paroles sont inintelligibles. Ses yeux noirs plongent dans ceux de Marlie, tentant de faire passer le message sans paroles.

— Quoi? tente de dire Marlie.

Mais seul un son étouffé s'échappe de sa bouche. Laura se roule sur le côté. Bien que ses liens soient aussi serrés que ceux de Marlie, ses doigts, eux, sont libres. Elle saisit la manche du chandail de Marlie et tire violemment dessus. Puis elle regarde Marlie par-dessus son épaule.

Marlie comprend ce que veut Laura. En travaillant ensemble, elles peuvent peut-être arriver à se libérer.

Et si c'était un piège?

Ça pourrait être un test de la part de Francis. Il est peut-être juste de l'autre côté de la porte en train d'écouter pour voir si elles essaient de s'échapper. Il aurait ainsi une nouvelle excuse pour les frapper et les menacer.

Laura lui tire la manche de nouveau, de manière plus insistante. Lorsqu'elle se retourne, ses yeux sont implorants.

Marlie ferme les yeux. Même s'il ne s'agit pas d'un piège, la jeune fille n'est pas certaine d'en avoir le courage. Laura a dormi toute une journée mais Marlie, elle, a dû endurer une pression énorme. A-t-elle vraiment l'énergie de tenter une évasion? La pensée de quelques heures de sommeil lui paraît presque aussi alléchante que celle de se libérer de l'emprise de Francis.

Mais les doigts de Laura ne lui laissent aucun répit. Marlie se retourne sur le côté et se met à se tortiller pour descendre au bout du lit.

Se déplacer avec les jambes ficelées et les mains attachées derrière le dos demande un effort surhumain. Chaque geste l'oblige à se plier et à s'étirer comme une chenille.

La première chose dont elle veut se débarrasser, c'est de cette boule dans sa bouche.

Laura semble comprendre ce qu'elle essaie de faire. Pendant que Marlie se glisse péniblement vers le pied du lit, son amie tâtonne aveuglément sur son visage. Ses doigts rencontrent les bas et tirent vigoureusement pour les dégager.

Marlie respire un grand coup.

— Merci, fait-elle, savourant la facilité avec laquelle elle peut maintenant respirer. Qu'est-ce que je fais maintenant?

Laura se tortille et réussit à pivoter vers Marlie. Elle agite le menton vers le haut.

— Tu veux que je te débarrasse de ton bâillon?

Laura hoche vigoureusement la tête.

— O.K., j'arrive.

Il faut quelques minutes à Marlie pour parvenir à arracher les bas de la bouche de son amie, non sans lui avoir auparavant mis le doigt dans l'œil à quelques reprises.

— Je pensais mourir, dit Laura en prenant une

grande bouffée d'air.

— Il faut qu'on se dépêche, fait Marlie. Francis peut revenir d'une minute à l'autre.

— Pas besoin de défaire nos liens. On n'a qu'à crier. Quelqu'un va sûrement nous entendre.

Cette idée ne l'enchante guère, mais Laura n'a peut-être pas tort.

— Au secours! lance-t-elle de toute la force de ses poumons.

— Par ici! crie Laura.

Elles s'arrêtent un moment pour écouter, puis reprennent de plus belle. Encore et encore. Elles s'époumonent jusqu'à en avoir la gorge en feu. Laura se retourne et donne de grands coups de pied dans le mur. Mais chaque fois qu'elles s'arrêtent pour écouter, tout ce qu'elles entendent c'est le son de leur propre respiration.

— Ça ne sert à rien, dit enfin Marlie. Il n'y avait qu'une dizaine d'autos dans le stationnement. Il n'y a probablement personne dans les chambres contiguës.

— Qu'est-ce qu'on fait maintenant?

— On essaie de se libérer les mains.

Péniblement, les deux amies se mettent dos à dos et réussissent à se prendre les mains. Pendant un moment, elles essaient toutes les deux en même temps et ne font que se nuire.

— Arrête de bouger, propose Marlie. Je vais te libérer la première.

Laura demeure immobile pendant que Marlie s'active. Mais ce n'est pas aussi facile que ça en a l'air. Avec les mains dans le dos, pas moyen de voir ce qu'elle fait. De plus, les nœuds de Francis sont très serrés; chaque fois que Marlie tire sur le mauvais bout, Laura grimace de douleur.

Après une dizaine de minutes de frustration, Marlie est prête à abandonner.

— Essaie de défaire les miens d'abord, suggère-t-elle.

Mais Laura n'a pas davantage de succès. Au bout de quelques minutes, Marlie a les poignets douloureux et l'impression que les lacets de cuir sont profondément enfoncés dans sa chair.

Les deux amies sont couchées côte à côte sur le lit, fixant les cernes d'eau au plafond.

— Si seulement on avait un couteau, dit Laura.

— C'est ça, réplique Marlie. Et on pourrait aussi demander à Francis de nous laisser son pistolet. Je suis sûre que ça ne le dérangerait pas.

Laura se retourne vers elle, deux fentes à la place des yeux.

— Ne commence pas à être sarcastique avec moi, fait-elle. Si tu n'avais pas insisté pour qu'on aille faire du ski, rien de tout ça ne serait arrivé.

— Moi! Un instant! Es-tu en train de dire que tout ça est de ma faute?

— Bien, c'est toi qui voulais aller faire du ski. Moi, je voulais aller en Floride mais...

— Attends une minute, l'interrompt Marlie. C'est toi qui as insisté pour faire monter Francis avec nous.

— Je voulais juste rendre service.

« Laisse tomber ! » se dit Marlie. Mais la colère monte en elle et elle est incapable de se contenir.

— Évidemment ! Ce n'est tout de même pas juste parce que tu le trouvais beau.

— Qu'est-ce que tu veux insinuer ?

— Voyons, Laura. Tu n'arrêtais pas de dire à quel point il était super. Je pensais que tu allais le demander en mariage.

— Tu es malade. Je ne t'ai pas entendu dire qu'il était laid non plus.

— Mais moi, je...

Un déclic se fait entendre à la porte et les deux filles sursautent.

— Les bas, chuchote Marlie. Où sont-ils ?

Le cliquetis s'intensifie et Francis pousse la porte.

— Comment vont mes deux poupées ?

Même à cette distance, l'odeur de whisky parvient jusqu'à elles. Il claque la porte et titube jusqu'au lit.

— J'ai jamais vu deux belles poulettes comme vous deux, marmonne-t-il.

Il se penche vers Marlie et l'attire vers lui pour l'embrasser.

— Est-ce que je ne vous avais pas bâillonnées ? demande-t-il d'une voix pâteuse. Ce n'est pas grave, je...

Marlie le repousse d'un coup d'épaule et il retombe mollement sur le plancher, ivre mort.

— Ça va aller, Marlie, fait Laura. On va s'échapper.

Marlie secoue la tête et une pluie de larmes brûlantes lui inonde le visage. Pour la première fois depuis le début de ce cauchemar, elle laisse libre cours à sa peur et pleure à grands sanglots douloureux.

Chapitre 11

Au moment où les premières lueurs de l'aube filtrent à travers les stores tirés, Marlie fixe le plafond. Elle pense au message qu'elle a laissé dans le dernier motel. Elle essaie d'imaginer la femme de chambre en train de trouver la note pendant qu'elle change l'ampoule.

Des voix d'enfants lui parviennent du stationnement. Une famille en vacances sans doute. Marlie perd le fil de ses idées et jette un coup d'œil à la chambre.

Laura dort à ses côtés. Elle lui a parlé pendant une heure après que Francis se soit endormi, essayant de réconforter Marlie.

Le sommeil de Francis a été agité. À un moment donné pendant la nuit, il s'est réveillé suffisamment pour ramper jusqu'à son propre lit et y grimper. Il est maintenant étendu par-dessus les couvertures, bras et jambes écartés. De temps à autre, il marmonne quelque chose ou il se met à ronfler. Son haleine a encore des relents de whisky.

Marlie n'a pas fermé l'œil de la nuit. Mais elle n'est pas fatiguée. Elle se sent reposée, les idées plus claires que jamais.

Laura tousse et se retourne. Ses paupières s'entrouvrent et elle plisse les yeux dans la lumière matinale.

— Bonjour, marmonne-t-elle.

— Chut! fait Marlie. Il dort encore.

Laura fait oui de la tête.

— Je ne pense pas qu'on va avoir encore beaucoup d'occasions de s'évader, murmure Marlie.

— Qu'est-ce que tu veux dire?

— Depuis qu'il a tué le gars à la station-service, il nous dirige toujours plus au nord. Je crois qu'il veut traverser la frontière. Avec notre plaque d'immatriculation du Québec, il s'imagine sans doute que ce sera plus facile. Mais je ne pense pas qu'il nous laisse jamais parler aux douaniers.

— Qu'est-ce qu'il va faire de nous, demande Laura, la peur inscrite sur le visage.

— Je doute fort qu'il nous laisse la chance de raconter dans quelle direction il a filé. Il va attendre qu'on soit sur une petite route déserte, puis il va se débarrasser de nous.

— Dans combien de temps?

— Je n'en sais rien. Un jour ou deux, j'imagine. Pas plus. Il a déjà pris beaucoup de risques en nous gardant aussi longtemps. Regarde combien de fois on a failli le dénoncer.

— Pourquoi nous garde-t-il si c'est juste pour nous tuer plus tard? demande Laura.

— Il aime le pouvoir. Tous ceux qui savent ce qu'il a fait sont morts. Il nous garde pour avoir quelqu'un à impressionner, à intimider, à effrayer.

Les deux jeunes filles demeurent silencieuses pendant un moment. Marlie regarde son amie et voit les larmes dans ses yeux.

— Non! chuchote-t-elle furieusement. On ne se laissera pas faire. On va se débarrasser de lui avant qu'il se débarrasse de nous.

— Tu veux dire, le tuer? demande Laura.

— S'il le faut, oui.

Au bout d'un moment, Francis se réveille. Il s'assoit sur le bord du lit, le visage dans les mains, puis se lève et se dirige vers la salle de bains.

— Tu penses qu'il a un mal de bloc? demande Laura.

— Probablement, répond Marlie. Surveille-le étroitement, aujourd'hui. S'il a mal à la tête, il ne s'occupera peut-être pas beaucoup de nous.

Francis émerge de la salle de bains, les cheveux ruisselants et une serviette humide sur les épaules. Sa démarche semble plus assurée, mais il a les yeux injectés de sang.

— J'aurais dû prendre plus de vêtements dans mon auto quand...

— Je veux prendre une douche, l'interrompt Marlie.

— Quoi?

— Une douche. Ça fait deux jours que je n'ai pas pris de douche.

Francis va inspecter la salle de bains.

— O.K., il n'y a pas de fenêtre. À moins de te mettre à lancer des messages en code Morse avec la toilette, je ne vois pas comment tu pourrais faire des bêtises.

Il s'approche du lit et pousse Marlie sur le ventre. Les nœuds qu'elles ont vainement tenté de détacher la veille se défont avec une facilité enrageante. Il lui libère les jambes tout aussi aisément.

— Va prendre ta douche mais fais vite, ordonne-t-il. Je ne veux pas perdre de temps.

— Moi aussi, je veux me laver, dit Laura.

— Si ta copine se dépêche, répond-il en fronçant les sourcils, tu vas pouvoir prendre une douche. Sinon, tu vas t'en passer.

Marlie se lève, les pieds tout engourdis, et se rend jusqu'à la salle de bains avec l'impression de marcher sur un tapis d'aiguilles. Une fois à l'intérieur, elle claque la porte. Dieu merci, il y a un verrou et elle le pousse aussitôt.

Après deux longues journées passées sur la route, ses vêtements lui collent au corps. Elle les retire et se glisse sous la douche. Pendant les dix minutes qui suivent, elle ne pense à rien d'autre qu'à cette sensation de bien-être que lui apportent l'eau chaude et le savon.

Des coups répétés à la porte viennent interrompre sa rêverie.

— Si tu veux que ta copine puisse prendre une douche, tu ferais mieux de sortir maintenant.

La jeune fille n'a pas envie de sortir, mais se résigne à fermer l'eau et à se sécher. Ce n'est pas le moment de le mettre en colère. Elle n'a pas d'autre choix que de remettre ses vêtements sales ; Francis a transporté le sac de voyage de Laura dans la chambre pour y chercher un bâillon, mais celui de Marlie est resté dans la voiture. Elle ouvre la porte à contrecœur.

— La voilà enfin ! lance Francis avant de se tourner vers Laura. À ton tour, maintenant. Et ne m'oblige pas à venir tambouriner à la porte.

Laura passe devant lui, une pile de vêtements dans les bras. Elle ferme la porte et Marlie l'entend mettre le verrou. « Profites-en ! » pense-t-elle.

Marlie appréhende le comportement de Francis en l'absence de Laura, mais il se contente de rester assis sur le lit, les yeux perdus dans le vide. Marlie trouve une brosse et un séchoir dans le sac de Laura, et s'installe devant le miroir pour se sécher les cheveux.

Un coup sec tiré sur le cordon électrique lui fait voler le séchoir des mains. Marlie se retourne au moment où Francis débranche violemment l'appareil de la prise de courant avant de le lancer à travers la pièce.

— Pourquoi as-tu fait ça ?

— Ça fait trop de bruit, répond-il en se rassoyant sur le lit. Prends une serviette.

Marlie le dévisage, la haine au cœur. Elle fait un pas en direction de Francis, incertaine de ce qu'elle va faire, sachant uniquement qu'elle doit absolument tenter quelque chose.

Francis lève lentement le regard vers elle et l'observe de ses yeux bleus, rougis par l'alcool.

— Tu as un problème?

— Oui, toi.

— Et tu crois que tu peux y faire quelque chose, fillette?

— Je ferai n'importe quoi, répond-elle, le cœur battant, en faisant un pas de plus vers lui.

Sorti de nulle part, le pistolet apparaît soudainement dans la main de Francis. Il le braque nonchalamment sur la jeune fille.

— Je t'aime bien, Marlie. Ne m'oblige pas à me servir de ça.

— Tu vas me tuer bientôt de toute façon, non? D'ici un jour ou deux, Laura et moi on est mortes.

Il se lève. La main qui tient le pistolet s'avance lentement vers Marlie, jusqu'à ce que le canon soit à quelques centimètres de son visage.

— Ça pourrait être tout de suite, dit-il froidement, chacun de ses mots coulé dans la glace. Même un jour ou deux, c'est mieux que rien, non?

Marlie a les yeux rivés sur l'arme.

— Si tu coopères, dit-il doucement, je n'aurai pas besoin de te tuer. Maintenant, calme-toi avant qu'il ne t'arrive quelque chose.

Elle ne le croit pas. Au plus profond d'elle-même, elle sait qu'il a l'intention de les tuer. Mais Francis a raison sur un point: deux jours valent mieux que rien, même s'il s'agit de deux jours de torture.

La jeune fille recule et s'éloigne de lui au moment où Laura sort de la salle de bains.

— Ramassez vos affaires, on s'en va.

Marlie aide Laura à tout remettre dans son sac, après quoi cette dernière le soulève et se dirige vers la porte. Marlie ramasse son sac à main sur la table. Elle lance un regard du côté de Francis et s'aperçoit qu'il ne la regarde pas. En un clin d'œil, elle laisse tomber son sac par terre et le glisse sous la commode du bout du pied.

Francis sur les talons, Marlie ouvre la porte. À sa grande surprise, plusieurs centimètres de neige couvrent le sol et les voitures. L'air qui s'engouffre dans la pièce est d'un froid mordant.

— Tu es certaine de pouvoir conduire dans de telles conditions ? demande-t-elle en grelottant à Laura.

— Je ne sais pas. Je n'ai pas de pneus à neige.

— T'es capable, lance Francis d'un ton hargneux. Allez, avancez.

La neige mouillée glace les pieds de Marlie pendant qu'elle traverse le stationnement. Le vent s'infiltre sous son chandail et lui donne la chair de poule. Elle attend que Laura ait déposé son sac de voyage dans le coffre avant de se mettre à parler.

— Zut ! fait-elle. J'ai oublié mon sac à main dans la chambre.

Francis la regarde par-dessus le toit enneigé de la voiture.

— Va le chercher, fait-il, son haleine formant un nuage de vapeur. Ne te laisse pas distraire et n'essaie surtout pas de te sauver. Une minute de trop et vous allez le regretter toutes les deux.

Il lui lance la clé et Marlie l'attrape au vol.

— O.K.

Elle repart en direction de la chambre en courant. Laissant la clé dans la serrure, elle se jette sur le téléphone et compose le numéro de la téléphoniste.

— Je veux faire un appel à frais virés, dit-elle précipitamment dès qu'une voix lui répond. De la part de Marlie.

Elle donne le numéro et attend pendant que la sonnerie se fait entendre.

— *Allô!* fait la voix de son père à l'autre bout du fil.

— Vous avez un appel à frais virés de Marlie. Acceptez-vous...

— *Nous sommes désolés de ne pouvoir vous répondre pour le moment. Veuillez nous laisser vos coordonnées après le signal sonore et nous vous rappellerons dès que possible.*

— Je regrette, annonce la téléphoniste. Veuillez essayer de nouveau plus tard.

— Mademoiselle! s'écrie Marlie. Ne raccrochez pas!

— Je ne peux pas établir la communication si personne n'accepte de payer les frais.

Le répondeur émet un bip.

— Papa! C'est Marlie!

La jeune fille entend un déclic et la communication est coupée.

— Je suis désolée, reprend la téléphoniste. Avez-vous une carte d'appel?

— Oui mais, attendez! C'est un cas d'ur...

Un bruit se fait entendre à la porte. Marlie replace doucement le combiné et traverse la pièce. Au moment où elle se penche pour ramasser son sac, Francis fait irruption dans la pièce, un bras passé autour de la taille de Laura.

— L'as-tu trouvé? demande-t-il.

— Oui, je viens juste de le trouver, répond-elle en se relevant, son sac à la main.

Francis lance quelque chose sur le lit. Marlie lève les yeux et réalise qu'il s'agit de son manteau de ski.

— Laura a pensé que tu allais avoir besoin de ça jusqu'à ce que l'auto se réchauffe.

Marlie ramasse la veste de nylon bourrée de duvet et l'enfile. Une douce chaleur l'envahit aussitôt.

— Merci, dit-elle.

— Tu vois bien que je prends soin de vous deux, non? réplique-t-il.

Sur quoi il les suit de nouveau dehors et tous trois se dirigent dans la neige vers une destination que seul Francis connaît.

Chapitre 12

Où que Marlie pose le regard, le ciel est gris. Quant à la route, elle est couverte d'une bouillie de neige fondante. Le vent fait rage, poussant la Mustang de côté et formant des lames de neige sur le bord de l'autoroute.

Laura a eu beau mettre le chauffage à fond, bien peu de chaleur se rend à l'arrière. Marlie se recroqueville, serrant ses genoux sur sa poitrine. Elle réussit ainsi à réchauffer ses jambes. Mais ses pieds restent glacés.

Laura est penchée sur le volant, intensément concentrée sur la route. Sur le siège du passager, Francis sirote une boisson gazeuse que Laura a achetée lorsqu'ils se sont arrêtés pour mettre de l'essence. Il refuse que la jeune conductrice mette la radio, même pour écouter les bulletins météo. De toute évidence, son mal de bloc ne l'a pas quitté.

Il a recommencé à neiger peu après qu'ils soient repartis. Au début, il ne tombait que quelques flocons isolés mais maintenant, à midi, la chute de neige est abondante. Une véritable tempête de neige. Les flocons forment un mur devant la Mustang et Laura doit mettre les essuie-glaces à plein régime juste pour y voir à quelques mètres. La couleur du ciel n'annonce aucune accalmie.

La circulation est moins dense que la veille. Apparemment, la plupart des gens ont décidé de laisser passer le blizzard avant de reprendre la route. Plus ils avancent sur la route, plus ils constatent que c'était une excellente idée. Partout, des accidents : camions-remorques retournés dans le fossé, voitures presque ensevelies sous la neige sur l'accotement, véhicules de toutes sortes qui se sont emboutis ou ont dérapé.

Laura demande à plusieurs reprises la permission de s'arrêter. La Mustang possède une bonne tenue de route sur surface sèche, mais ce n'est pas le cas dans la neige.

— S'il te plaît, implore-t-elle après avoir dû passer à travers une autre lame de neige. Ça va de mal en pis. Est-ce qu'on peut s'arrêter, maintenant ?

— Continue, dit Francis.

— Mais je commence à être fatiguée.

— Marlie va conduire.

— Je ne sais pas très bien conduire dans la neige, intervient Marlie.

— Dans ce cas, il ne te reste plus qu'à espérer que le temps s'améliore, déclare Francis avant de se renfoncer dans son siège.

Loin de s'améliorer, le temps continue de se détériorer.

À quatorze heures, il fait noir comme à minuit et la neige tombe si abondamment que les essuie-glaces ne suffisent plus à la tâche, peu importe la vitesse. Les lames de neige s'étendent bientôt sur toute la largeur de l'autoroute et le fond de la Mustang est appuyé sur une épaisse couche de neige. La voiture est impossible à manier, glissant et dérapant constamment.

Si d'autres véhicules se trouvent sur la route, ils sont invisibles derrière le mur de neige. Marlie se dit que si jamais il y a une voiture devant eux, ils ne le sauront que lorsqu'ils l'auront emboutie.

Un panneau de signalisation est visible l'espace d'un éclair et Marlie revient à la charge.

— Il y a une sortie droit devant, crie-t-elle pour se faire entendre dans le vacarme de la tempête. On ferait mieux de la prendre.

— Non, fait Francis. On continue.

La voiture fait une nouvelle embardée sur une lame de neige et les pneus perdent toute traction pendant un moment.

— On ne peut pas continuer, proteste Laura. On va bientôt rester pris dans la neige.

— Continue, j'ai dit.

— Écoute, crie Marlie, tu peux nous tuer, mais cela ne t'empêchera pas de geler à mort si l'auto est emprisonnée dans la neige. Il faut qu'on trouve un endroit où attendre la fin de la tempête. Après ça, on ira où tu voudras.

— O.K., prends la sortie. Mais on repart dès que le ciel s'éclaircit.

Laura a du mal à prendre la sortie. La route est couverte d'au moins quinze centimètres de neige et l'arrière de la Mustang balance de droite à gauche comme un pendule. Marlie craint de devoir sortir et pousser, mais Laura joue habilement de l'accélérateur et réussit à prendre la sortie avec suffisamment d'élan pour se rendre doucement jusqu'à la rue.

La forme sombre d'un motel se découpe devant eux. Ils ne le voient pas très bien, mais il s'agit de toute évidence d'une grande bâtisse. Laura rate l'entrée et passe par-dessus un terre-plein garni de buissons avant de s'arrêter devant la réception.

— Marlie, fait Francis, c'est toi qui y va, cette fois.

— D'accord.

— Et souviens-toi, paie comptant. As-tu assez d'argent?

— Je pense que oui.

— Alors vas-y et dépêche-toi.

Le vent est si violent que Marlie arrive à grand peine à rester debout en sortant de la voiture. Elle s'enfonce jusqu'aux genoux dans la neige fraîche et ses pieds glacés engourdissent instantanément. Elle se rend tant bien que mal jusqu'à la porte, se bat pour l'ouvrir, secoue le plus de neige possible et pénètre enfin à l'intérieur.

Non seulement le motel est-il grand, mais il s'agit d'un endroit très chic comparé aux motels où ils ont dû loger ces derniers soirs. Dans le hall, un immense foyer répand une douce chaleur et de longs divans flanqués de plantes magnifiques invitent à la détente. Marlie aperçoit l'entrée d'un restaurant ainsi que des affiches discrètes qui indiquent un bar, une salle d'entraînement et une piscine intérieure.

Elle se dirige vers le comptoir de la réception où se trouve un jeune homme aux cheveux blond roux, au regard noisette et au sourire chaleureux.

— Bonjour, dit-il d'une voix agréable. Vous désirez une chambre ?

— Oui, répond Marlie. Pour moi-même, mon cousin et ma cousine. Trois personnes en tout.

— Avez-vous une réservation ?

— Non, c'est la tempête qui nous oblige à nous arrêter.

— Je vois, poursuit-il en tapant quelque chose sur le clavier de l'ordinateur. Nous sommes censés afficher complet ce soir, mais la moitié des voyageurs sont probablement pris quelque part de toute façon. Si vous promettez de ne pas le dire à mon patron, je vais vous concocter une réservation vite faite.

— Merci.

— Votre nom ?

— Marlie Paradis.

— Et votre adresse ?

Tout en inscrivant l'adresse de Marlie, le jeune homme secoue la tête.

— Dommage que vous habitiez si loin, fait-il en levant les yeux vers elle.

Il lui fait un petit sourire en coin, un sourire si vrai et si amical que la jeune fille se demande comment elle a pu croire un instant que celui de Francis était sincère.

— Eh bien, Marlie Paradis, voici un papier qui confirme que vous avez réservé une chambre il y a deux semaines, et voici votre clé.

— Merci encore, dit-elle. Je l'apprécie énormément.

Elle tend la main pour prendre la clé et sent les doigts du jeune homme se refermer doucement sur les siens.

— Si tu veux me montrer ta gratitude, dit-il en la tutoyant pour la première fois, pourquoi ne pas souper avec moi ce soir?

— C'est très gentil à toi, mais je ne pense pas, répond-elle en rougissant.

— Si tu changes d'avis, tu sais où me trouver. Je m'appelle Steve et je suis ici jusqu'à dix-huit heures.

— D'accord, Steve.

Marlie prend sa clé et se dirige vers la porte. Là, elle s'arrête un moment. Il lui est difficile de se faire à l'idée de retourner dehors, dans la neige, de retrouver Francis et son arme. Il serait tellement plus facile de courir vers Steve et de tout lui raconter. Mais Laura est à la merci de Francis et s'il y a une chose dont Marlie ne doute pas un seul instant, c'est qu'il n'hésiterait pas à la tuer.

Francis ne semble pas préoccupé du temps qu'il a fallu à Marlie pour obtenir la chambre. Il accepte même qu'elle apporte son sac de voyage.

Leur chambre se trouve à l'avant du motel. Il s'agit en fait d'une suite comprenant un salon, une chambre à coucher et une immense salle de bains. Quatre personnes pourraient facilement s'ébattre dans la baignoire à remous.

— Wow! fait Laura avec un petit sifflement. Combien est-ce que tout ça a coûté?

— Je ne sais pas, répond Laura. Je n'ai pas encore payé.

Les doigts de Francis lui serrent l'épaule comme un étau.

— Tu n'as pas payé?

— Pas encore, fait Marlie en tentant de se dégager. Dans les endroits comme ici, tu paies quand tu pars.

Francis la repousse brutalement et elle trébuche sur son sac.

— La prochaine fois, suis mes directives, compris?

Marlie se relève et ramasse son sac pendant que Laura allume le téléviseur.

Les lits sont vastes et sont munis de luxueux dosserets de laiton. Au lieu de les attacher les mains dans le dos, Francis décide de les mettre chacune sur un lit et de leur attacher les poignets aux dosserets.

— Où vas-tu dormir? demande Laura.

— Ne t'inquiète pas pour moi, ma cocotte. À mon retour, on va s'amuser.

Il prend le sac de Marlie et fourrage dedans.

— Voyons voir ce qu'il y a ici. Vous avez réussi à enlever vos bâillons hier soir. Essayons donc de trouver quelque chose de mieux.

Francis fouille dans le sac et en ressort une paire de bas au genou. Mais cette fois, au lieu de le leur mettre dans la bouche, il place le bas en travers de leurs lèvres entrouvertes et l'attache solidement derrière la tête.

—On va voir si vous allez réussir à enlever ça, dit-il.

Il s'arrête devant la glace, fait une retouche à ses cheveux et quitte la chambre.

Marlie tente d'ouvrir la bouche, mais le bas ne fait que lui étirer les lèvres davantage. Au moins, attachées de cette manière, les jeunes filles peuvent bouger les pieds et regarder autour d'elles. Mais elles sont incapables de s'aider à se libérer. Elle se retourne pour observer son amie.

Laura est assise à la tête du lit, les bras en croix. Son regard est fixé sur l'écran du téléviseur. Marlie ne peut s'imaginer comment elle fait pour s'intéresser à la télé. Il faut dire qu'attachées comme elles le sont, il n'y a rien d'autre à faire. La jeune fille regarde les images pendant quelques minutes, sans toutefois essayer de comprendre. Puis elle entend du bruit provenant du lit de Laura.

Il lui faut quelques secondes pour réaliser ce que son amie est en train de faire. Appuyée contre le montant du lit, elle glisse les mains de haut en bas dans un mouvement de va-et-vient. À la vue de l'état des liens de cuir, Marlie comprend tout de suite : Laura est en train de scier les lacets en les frottant contre les montants du lit.

Marlie passe la main sur les montants de son propre lit. Le devant du dosseret est lisse et poli, mais l'arrière est rugueux. Marlie se met à imiter Laura, usant les lacets sur le bord des montants de métal.

Marlie entend un petit claquement et se retourne vers Laura. Elle a une main de libre. Elle retire aussitôt son bâillon.

— Ce coup-ci, on va réussir, dit-elle.

Soudain, quelqu'un frappe à la porte et les deux amies se figent.

— C'est Francis, chuchote Laura.

Marlie secoue la tête de droite à gauche. Francis ne prendrait pas la peine de frapper.

— Marlie, fait une voix de l'autre côté de la porte. C'est Steve.

— Qui est Steve ? demande Laura, intriguée.

Marlie hoche la tête avec enthousiasme.

— Une seconde, lance Laura.

La jeune fille se penche vers le lit de Marlie, s'étire au maximum et parvient à attraper le bâillon de Marlie, et à le lui retirer d'un coup sec.

— Qui est...

— Steve ! crie aussitôt Marlie. On est ici ! Au secours !

Laura se met aussi à hurler et bientôt les deux amies entendent un bruit de clés. Un moment plus tard, la porte s'ouvre et Steve fait irruption dans la pièce, un gros trousseau à la main. Il s'arrête net en apercevant les deux filles attachées.

— Qu'est-ce qui se passe ? demande-t-il.

— Détache-nous, vite ! s'écrie Laura.

— On a été kidnappées, fait Marlie. Il faut sortir d'ici avant que le ravisseur ne revienne, vite !

— Kidnappées ? dit Steve, incrédule, en regardant autour de lui comme s'il s'attendait à ce que quelqu'un lui saute dessus.

— Dépêche-toi ! poursuit Marlie. Il peut arriver d'un instant à l'autre.

— C'est un meurtrier ! ajoute Laura.

À ces mots, les yeux de Steve s'agrandissent, mais il ne se dérobe pas. Il tombe à genoux à côté du lit de Marlie et se met à défaire ses liens.

— Où est ton cousin ? demande-t-il en s'affairant.

— Mon cousin ?

— Tu m'as dit que tu étais avec ton cousin et ta cousine.

— Oh ! c'est lui, le kidnappeur.

Steve s'arrête net et la regarde, l'air de ne rien comprendre.

— Vous avez été kidnappées par votre cousin ?

— Non, non. Ce n'est pas mon cousin. C'est juste... Oublie ça. Il faut sortir d'ici avant qu'il revienne !

Il ne faut à Steve qu'une minute pour libérer Marlie. Il se tourne ensuite pour défaire le dernier lien de Laura. Au bout de quelques secondes, ils sont prêts à partir.

— Avez-vous besoin d'emporter quoi que ce soit? demande Steve.

— Je ne pense pas, répond Marlie. S'il le faut, on reviendra après que la police soit passée dans la chambre.

Steve s'arrête sur le bord de la porte et regarde Marlie avec son petit sourire en coin.

— Et dire que je venais juste te demander si tu avais changé d'idée à propos du souper.

— J'accepte avec plaisir ton invitation à souper, Steve, dit Marlie.

Il rit.

La porte s'ouvre violemment et le jeune homme est projeté à l'intérieur de la pièce, pivotant sous la force de l'impact. Il recule en chancelant et Marlie et Laura le regardent, pétrifiées.

Aux yeux de Marlie, tout semble se passer au ralenti. Elle voit Francis pénétrer dans la chambre. Elle aperçoit le pistolet dans sa main et son sourire diabolique au moment où il brandit l'arme. Une lueur sadique brille dans ses yeux bleus.

La détonation retentit et le temps reprend soudain sa vitesse normale. Steve s'écroule sur le côté, glissant lentement le long du mur. Francis fait feu une deuxième fois et Steve retombe brusquement en arrière, les genoux pliés sous lui. Une expression de surprise se dessine sur son visage.

— Désolé de briser tes plans pour le souper Steve, dit Francis. Mais c'est la vie.

Chapitre 13

Marlie se penche sur Steve et porte la main à son visage. Une goutte de sang perle sur sa joue comme une larme écarlate.

La jeune fille entend vaguement des cris et des bruits de course. Laura hurle. Mais tout cela semble provenir de très loin. Elle a envie de dormir. De s'étendre sur la moquette et de dormir pendant des mois.

Une main la relève brutalement.

— Allez debout, fait Francis. Et dépêche-toi sinon je te tue.

Marlie pense que ce serait une bonne idée après tout, mais elle se laisse quand même pousser hors de la chambre. Dans le corridor, une femme en peignoir et bonnet de douche ouvre une porte, jette un coup d'œil et la referme aussitôt. Marlie trouve ça terriblement comique et rit jusqu'à l'autre bout du corridor.

Francis ouvre la porte qui donne sur le stationnement et Marlie réalise soudain que son manteau et toutes ses affaires sont restés dans la chambre. Ça aussi, c'est drôle. Il neige et il vente encore, et Marlie trouve tout ça vraiment hilarant.

— Tranquille, fait Francis.

« Il est rigolo, ce gars-là », pense Marlie, et elle rit de plus belle.

— La ferme ! ordonne Francis.

Il la frappe. Fort.

Marlie aimerait continuer à rire, mais elle est incapable de se rappeler pourquoi tout lui semblait si tordant.

— On ne peut aller nulle part dans cette tempête, déclare Laura.

— Monte dans l'auto et conduit.

— Mais regarde ! s'écrie Laura en faisant un grand geste du bras. Même si on réussit à sortir du stationnement, on ne peut aller nulle part.

Francis fait feu. La balle manque Laura de peu avant d'aller fracasser le pare-brise d'une voiture derrière elle.

— Monte dans l'auto, répète-t-il.

Il pousse Marlie sur la banquette arrière et prend sa place à l'avant. Laura parvient miraculeusement à manœuvrer la Mustang dans l'épaisse neige qui recouvre le stationnement. Pendant ce temps, un petit groupe de curieux s'est formé dans la porte du motel et les regarde s'éloigner.

Impossible de dire où le stationnement finit et où la route commence. L'auto passe par-dessus certains obstacles et Marlie se heurte la tête au plafond. Laura réussit à grand peine à emprunter la bretelle qui mène à l'autoroute et, une fois là, la situation est moins pire que ne l'envisageait Marlie.

La déneigeuse est passée pendant qu'ils étaient au motel et la neige a diminué d'épaisseur.

Au bout de dix minutes à rouler dans la tempête, Marlie se demande si elle n'a pas rêvé l'épisode du motel. Elle se rappelle être entrée réserver une chambre. Elle se souvient des lits de laiton, du coup de feu qui a tué Steve. Mais tout cela lui semble si lointain.

Des lumières bleues apparaissent tout à coup dans la grisaille. À mesure qu'ils s'en approchent, Marlie réalise qu'il s'agit de trois voitures de police.

— Continue à avancer, fait Francis en suivant du regard les autos-patrouilles de l'autre côté de l'autoroute. Il faut qu'on quitte cette route.

Marlie examine l'accotement. Par endroits, les lames de neige sont plus hautes que l'auto et la neige sale rejetée par la déneigeuse forme une barrière infranchissable.

— Tu es certain que tu veux laisser l'autoroute? demande-t-elle.

— À la prochaine occasion, on sort.

La sortie suivante prend du temps à venir. Ils croisent une autre voiture de police, suivie d'une ambulance dont les gyrophares sont en marche.

« Cette ambulance est pour Steve », se dit Marlie. Mais ça semble si irréel. Francis a tué Steve. Mais Marlie ne ressent rien, rien du tout. Sauf le froid intense qui la glace jusqu'aux os.

Une sortie apparaît enfin. Mais elle est totalement déserte. Pas même une station-service.

— Qu'est-ce que je fais, maintenant ? demande Laura.

— Direction sud.

— De quel côté ?

— À gauche.

Aucune trace ne permet de voir où se trouve la route et la Mustang se fraye un chemin dans la neige fraîche. En l'absence de déneigeuse et de circulation, la neige n'a pas été entassée. Par endroits, c'est une chance puisque le vent a balayé la route jusqu'à l'asphalte. À d'autres endroits, par contre, les bancs de neige ont la taille de petites maisons et les lames de neige qui traversent la route sont presque aussi hautes que la voiture.

Marlie ne cesse de penser à ce qui vient de se passer. Francis a tué Steve. Cette fois, des images du jeune homme lui reviennent. Ses yeux bruns. Son petit sourire en coin. Une immense douleur emplit soudain la jeune fille.

— La police va t'attraper, fait-elle.

— Tu ferais mieux d'espérer que non, réplique Francis. Parce que s'ils m'attrapent, ils vous attrapent aussi.

— Mais nous, on n'a rien fait, intervient Laura.

— Rien fait ? dit-il. Vous aidez un criminel depuis des jours. Vous l'avez même conduit à travers la moitié du pays.

— Tu nous y a obligées, rétorque Marlie.

— Tu veux demander à tous les gens qu'on a rencontrés partout où on s'est arrêtés si vous avez été forcées ? ricane-t-il. De la façon dont je vois les choses, Laura s'est sauvée de la maison pour échapper à son père et elle a décidé de mettre un peu de piquant dans sa vie.

— Personne ne va te croire, dit Laura.

— Avec tout ce que je sais de vous deux, fait-il avec son sourire innocent, je peux être très convaincant.

«Il a tué Steve. Il a tué le commis de la station-service. Il a tué l'homme de la camionnette. Et il ne fait aucun doute qu'il va nous tuer aussi.» À cette pensée, la douleur que ressent Marlie est remplacée par une énorme vague de colère et de peur.

Elle s'élance de son siège pour se jeter sur Francis. Il se retourne vivement et tente de la frapper, mais son bras dévie sur le dossier et rate son but. Marlie ne savait pas trop ce qu'elle voulait faire au juste jusqu'au moment où elle a commencé à agir. Elle s'étire par-dessus Francis, attrape la poignée de la porte et l'ouvre.

Laura freine à mort. Au lieu de s'arrêter, le véhicule se met à tourner comme une toupie.

Marlie est projetée à l'autre bout de la voiture. Elle voit que Francis tient son arme d'une main et son sac de l'autre. Il n'a aucun moyen de se retenir. Elle fonce sur lui en hurlant.

Une détonation éclate et Marlie sent la balle lui frôler l'oreille. L'auto tournoie de plus en plus vite, ses phares éclairant tour à tour la route, les bancs de neige et les champs enneigés. Marlie est pratiquement rendue sur le siège avant avec Francis, poussant, donnant des coups de pied et des coups de poing, tentant par tous les moyens de le faire basculer à l'extérieur.

Elle le voit, à moitié suspendu dans le vide, tentant de rétablir son équilibre de sa main qui tient le sac.

Marlie se met à crier. Elle repousse Francis avec ses pieds. Elle le frappe de ses mains. Sans jamais cesser de hurler.

Malgré la pression que lui inflige Marlie, Francis parvient à s'accrocher les coudes au cadre de la portière et à reprendre son équilibre. Centimètre par centimètre, il commence à remonter dans l'auto. Il braque son arme sur la jeune fille en aboyant des paroles de mort mais, à travers le rugissement du vent, Marlie ne réussit pas à comprendre ce qu'il dit.

Laura lâche son volant et lance un coup de poing en direction de Francis. Elle manque Marlie d'un cheveu et frappe Francis juste au-dessus de l'œil. Celui-ci recule de plusieurs centimètres. Elle s'élance de nouveau et son poing vient cogner son nez parfait.

Une nouvelle expression se répand sur le visage de Francis, un mélange de surprise et de peur.

Marlie lui donne des coups de pied dans les jambes et ses pieds se mettent à glisser sur le tapis mouillé. Il est maintenant presque complètement à l'extérieur du véhicule et la force centrifuge le tire dans le vide.

À la dernière seconde, Francis laisse tomber son arme et agrippe le dossier du siège. Marlie lui martèle la main de toutes ses forces.

Il tombe du véhicule.

La Mustang tournoie toujours et ses phares éclairent Francis à la manière d'un stroboscope. Au premier balayage des phares, Marlie le voit heurter la chaussée. Au deuxième, il rebondit en tous sens sur la route, les membres pliés à des angles impossibles. Au troisième, il a l'air immobile.

Puis la voiture vient percuter un banc de neige.

La Mustang fait un tonneau et se met à glisser sur le côté. Marlie aperçoit l'asphalte qui défile sous ses pieds et passe à un cheveu d'être projetée à travers la porte. L'auto roule de nouveau sur elle-même. Elle patine maintenant sur le toit. Marlie entend le support à skis de Laura se faire broyer entre le toit et la chaussée. La Mustang menace de tourner de nouveau mais retombe sur le toit et continue de glisser. Marlie a le temps de jeter un coup d'œil à Laura. Celle-ci est accrochée au volant et tente encore de maîtriser la voiture bien que les roues ne touchent plus le sol. La voiture frappe brusquement un autre banc de neige. Marlie tombe vers l'avant, sa tête venant heurter le pare-brise à quelques centimètres à peine de l'endroit où Francis a brisé la vitre avec son front. Le véhicule

tourne une dernière fois sur lui-même et s'immo-
bilise enfin sur le côté, la porte ouverte du passager
laissant voir la chaussée.

Le moteur étouffe. La neige continue de tomber.
Bientôt, le trou qu'elles ont fait dans le banc de
neige commence à se refermer.

À l'intérieur de la Mustang, tout est calme, très
calme.

Chapitre 14

Marlie pousse la portière qui se trouve maintenant au-dessus de sa tête. Impossible de l'ouvrir. La jeune fille tente de trouver une meilleure prise pour ses pieds. Elle en coince un dans le volant et pose l'autre sur le frein de sûreté. Elle pousse de nouveau de toutes ses forces. Cette fois, la porte s'ouvre dans un long grincement. Une bordée de neige et un puissant rayon de soleil s'infiltrent à l'intérieur de la voiture. Marlie grimpe sur le côté du siège du conducteur et passe la tête dehors.

— Tu vois quelque chose ? demande Laura du fond de l'auto.

— Oui, mais tu n'en croiras pas tes yeux.

Le paysage au dehors ne ressemble à rien de ce que Marlie a jamais vu. Ce n'est pas la neige qui la surprend. C'est plutôt le spectacle ahurissant qu'elle aperçoit au-dessus de l'épaisse couche blanche. Tout autour se dressent d'immenses tours de roc déchiqueté hautes de dizaines, voire de centaines de mètres. Quelques-unes sont isolées et se lancent à l'assaut du ciel, aussi acérées que des couteaux. D'autres sont regroupées et semblent former des châteaux de roc. Le gris de leurs flancs est taché ici et là de vert, de jaune et de rouge.

Marlie se laisse doucement glisser à l'intérieur de l'auto et s'installe comme elle peut à côté de Laura.

— On dirait qu'on a atterri sur la lune, dit-elle.

— As-tu vu des maisons ou des autos ? demande Laura.

— Non. Rien que des rochers et de la neige.

— Et... fait-elle en hésitant, et Francis ?

— Non. Il doit être enseveli sous la neige.

Laura ferme les yeux et hoche la tête. Elle ramène son bras droit sous son corps et tente de se relever pour s'asseoir. Marlie l'aide à se soulever. Elle remarque l'autre bras de son amie qui pend à son côté.

— Comment va ton bras ? demande Marlie.

— Pas fameux. Et ta tête ?

Marlie porte la main à la bosse qu'elle a au crâne.

— Ça va mieux, je pense. Écoute, il faut qu'on parte d'ici.

— Pour aller où ?

— Je n'en sais rien mais on ne peut pas rester ici. Il n'y a pas une seule trace dans la neige. On est probablement à des kilomètres de l'endroit où la police nous recherche. Il se peut que personne ne passe par ici avant une semaine. D'ici là, on sera mortes de froid.

— Je ne sais pas si je vais être capable de marcher.

— Il le faut, fait Marlie, parce que je ne te laisse pas ici.

Il leur faut une vingtaine de longues et pénibles minutes pour extirper Laura de la voiture. Non seulement son bras est-il fracturé, mais il est si mal cassé que le bout de l'os fait pression sur la peau. Marlie soupçonne que son amie a également plusieurs côtes brisées. Elle a le côté tout enflé et la peau pleine d'ecchymoses. Marlie l'aide à descendre le long de l'auto jusque dans la neige molle. Laura souffre terriblement. Elle essaie cependant d'être forte.

— Wow ! siffle-t-elle en regardant autour d'elle. Tu avais raison. Quel endroit bizarre !

Maintenant qu'elles sont dehors, Marlie se souvient à quel point il fait froid. Il a cessé de neiger, mais le ciel ne laisse voir que quelques coins bleus et l'air est encore chargé de promesses de neige. Le vent souffle du nord, traversant sans peine leurs minces chandails.

— Je retourne à l'intérieur, déclare Marlie. On a besoin de vêtements chauds.

La jeune fille grimpe de nouveau dans la voiture et dégage le sac de voyage de Laura du hayon. Elle réussit à le mettre sur le dessus de l'auto et à le pousser en bas, dans la neige. Elle sort à son tour et ouvre le sac. Elle y découvre un manteau de ski. Ce sera parfait pour Laura. Pour elle-même, elle saisit deux chandails doux, épais et sûrement très chers qu'elle enfile aussitôt par-dessus celui qu'elle porte déjà.

Laura est assise dans la neige, fixant sa voiture d'un air découragé.

— Regarde ma Mustang, fait-elle. Elle n'a même pas un an. Non mais regarde!

Marlie regarde mais tout ce qu'elle voit, c'est une portière qui émerge de la neige et quelques taches de bleu là où elles ont glissé contre la carrosserie en sortant. Le reste n'est qu'une grosse bosse dans la neige.

— Il faut voir les choses du bon côté, dit-elle. Maintenant, tu n'as plus à t'en faire pour les dommages causés par la grêle.

Laura ne rit pas.

Marlie lui passe le manteau et l'aide à le mettre. Laura a le visage trempé de sueur et les lèvres pâles. Marlie commence à croire qu'elle a peut-être des blessures internes en plus d'avoir les côtes cassées.

— Viens, dit-elle gentiment. Allons-y.

— De quel côté? demande Laura.

Marlie ouvre la bouche pour répondre puis la referme. La question n'est pas facile.

La voiture a capoté tant de fois qu'il est impossible de dire dans quelle direction elle roulait. Il n'y a plus une seule trace dans la neige et la surface plane qui indique où se trouve la route s'étend à perte de vue dans les deux sens.

— Par là, dit enfin Marlie en pointant droit devant.

— En direction des plus gros rochers ? demande Laura.

— Je pense que si on était passés par ici, on les aurait remarqués même dans la tempête, répond Marlie. Le motel doit sûrement se trouver à une trentaine de kilomètres derrière et je ne me rappelle pas avoir vu de magasin ni même de maison depuis. Autant aller de l'avant.

La marche dans la neige est extrêmement difficile. À chaque pas, Marlie s'enfonce jusqu'aux cuisses. Et, bien que les chandails qu'elle porte soient suffisants pour lui garder le corps et les bras au chaud, ses pieds, eux, ne sont protégés que par ses espadrilles. Au bout de cent mètres, la jeune fille ne les sent déjà plus.

Marlie souffre mais elle sait bien que Laura est encore plus mal en point qu'elle. Elle garde son bras cassé tout contre son corps et Marlie la voit grimacer de douleur à chaque pas. Son teint habituellement bronzé est blafard.

Les tours de roc ne semblent nullement se rapprocher mais après quelques minutes de marche, Marlie se retourne pour constater que la Mustang a déjà disparu dans la blancheur du décor. Même les traces de leurs pas sont effacées au fur et à mesure par le vent.

Laura glisse et tombe tête première dans la neige. Marlie l'aide à se relever. Quelques minutes plus tard, elle tombe de nouveau. Cette fois, elle n'essaie même pas de se remettre debout.

— Est-ce qu'on peut s'arrêter pour se reposer? demande-t-elle.

— Je ne sais pas, répond Marlie. Je ne pense pas que ce soit une très bonne idée.

— Juste quelques minutes. Je me sens vraiment mal.

Marlie ne prise guère l'idée de rester assises dans la neige; les risques d'hypothermie sont assez grands comme ça. Mais un coup d'œil à son amie lui suffit pour comprendre la gravité de la situation. Ses lèvres ne sont plus seulement pâles, elles sont aussi blanches que la neige. Et malgré le froid mordant, la jeune fille est en nage.

Marlie lui touche la joue.

— Laura! Tu es brûlante.

— Je sais. C'est la grippe la plus rapide que j'aie jamais eue.

— Ce n'est pas la grippe. Je pense que tu t'es blessée dans l'accident.

— C'est évident que je suis blessée. Tu as vu mon bras? dit-elle lamentablement.

— Ce n'est pas ton bras qui m'inquiète, reprend Marlie. C'est cette ecchymose sur ton flanc. Je pense que tu as une blessure interne. Peut-être même que tu saignes.

Laura a l'air de réfléchir à cette idée pendant un moment puis elle hoche la tête.

— Tu as sans doute raison. Je me sens... toute

drôle. Comme si quelque chose se déplaçait à l'intérieur quand je marche. Ça ne fait pas mal mais c'est bizarre. Alors, qu'est-ce que tu crois qu'on devrait faire ?

— Continuer à marcher, répond Marlie. On ne peut rien faire d'autre.

Les deux amies reprennent leur lente progression. Les tours de roc ont finalement l'air de se rapprocher. Ici et là, Marlie aperçoit une petite touffe d'herbe sur les pics enneigés et elle est heureuse d'y voir un signe de vie, si minime soit-il.

Elles avancent péniblement depuis ce qui leur semble une éternité lorsqu'elles aperçoivent un panneau indicateur. Marlie s'en approche et s'agenouille devant pour le déneiger.

— Mont Martha, dix kilomètres, lit-elle. Ça doit être un village de ski.

— Dix kilomètres ! répète Laura. Ce n'est pas si mal. Tu te souviens ? On a marché vingt kilomètres au camp l'été dernier.

— Tu as raison. On est capables de faire dix kilomètres. Allons-y.

Laura se remet en route avec un peu plus d'énergie que tout à l'heure. Elle semble avoir retrouvé son entrain.

Marlie essaie de s'encourager, elle aussi. C'est vrai qu'elles ont marché vingt kilomètres au camp. Mais c'était l'été. Elles ne mouraient ni de froid ni de faim. Et elles n'étaient pas blessées. Elle lève les yeux et voit que le ciel s'assombrit. La nuit ne va pas tarder à tomber.

« Au moins, se dit-elle, il ne neige pas. »

Mais les premiers flocons viennent s'écraser sur son visage avant même qu'elle ait fini de formuler sa pensée.

Chapitre 15

La neige tombe mais ne semble jamais toucher le sol. Le vent souffle si fort que les flocons se déplacent à l'horizontale, cinglant le visage des deux jeunes filles comme des milliers d'aiguilles.

La route commence à monter et les fossés qui la bordent se transforment en ravins. Les tours de roc s'élèvent vers le ciel tout autour d'elles.

— Combien de kilomètres est-ce qu'on a fait? demande Laura.

— Je dirais deux, environ.

— C'est tout?

— Peut-être trois, dit Marlie, consciente de mentir.

Le regain d'énergie de Laura a été de courte durée. Elle a bientôt dû ralentir et elle avance maintenant à pas de tortue. Elle a l'air très mal en point. Marlie sait parfaitement bien qu'elles n'ont pas parcouru trois kilomètres. Elle n'est même pas certaine qu'elles en ont fait un seul.

Marlie ne se sent pas très bien non plus. La tête

lui fait mal et elle commence à découvrir qu'elle a des bleus un peu partout. Le pire, c'est le froid. Elle a froid à la tête, ses mains sont glacées et elle ne sent plus ses pieds. Elle s'arrête un moment, étourdie.

En levant les yeux, elle décide d'ajouter l'illusion d'optique à sa liste de problèmes. Droit devant elle, au beau milieu de nulle part, se dressent deux petites bâtisses qui ressemblent à des postes de péage.

— Marlie, qu'est-ce que c'est? demande Laura.

— Tu le vois aussi? Je ne rêve pas?

— Naturellement, fait son amie. Allons voir.

La réponse leur parvient avant qu'elles n'atteignent la bâtisse. Un autre panneau indicateur émerge de la neige et Marlie s'en approche.

PARC NATIONAL MONT MARTHA

— Un parc national? fait Laura avec étonnement.

— C'est vrai que tous ces rochers et ces ravins sont plutôt spectaculaires. L'été, ça doit être très impressionnant. Et puis, le mont Martha se dresse probablement quelque part avec toutes ses installations de ski, mais avec le temps qu'il fait, impossible de le voir. De toute façon, qui dit parc national dit garde forestier, ajoute-t-elle avec un sourire. Allons-y!

La jeune fille s'élance dans la neige avec l'air de quelqu'un qui court dans l'océan. Laura suit à ses côtés, ignorant la douleur qui la traverse à chaque pas, sans ralentir ni trébucher jusqu'à ce qu'elles atteignent la barrière.

Les deux bâtisses de la guérite sont à peine plus grandes que des postes de péage. Celle de gauche est de toute évidence fermée. Mais celle de droite est tout illuminée et sa porte est entrouverte.

— Allô! fait Marlie. Pouvez-vous nous aider?

Elle grimpe sur la neige tassée et descend dans le petit espace dégagé devant la porte.

— Allô! Il y a quelqu'un?

Elle pousse la porte. Celle-ci s'ouvre très facilement. Une chaise en plastique trône au centre de la petite pièce. Sur une tablette apparaissent des piles de dépliants faisant la promotion du parc. À côté de ces derniers se trouve une trousse de premiers soins. Un téléphone noir est accroché au mur.

Laura se laisse glisser dans la neige jusque dans la pièce.

— Où est le garde forestier? demande-t-elle.

— Il n'est pas là, répond Marlie, mais il nous a laissé un téléphone.

C'est un ancien appareil. Il ne compte ni cadran ni boutons, mais dès que Marlie décroche le combiné il se met à sonner. Trois fois. Quatre.

— Allez, dit doucement Marlie. Répondez, quelqu'un.

— Qu'est-ce qui se passe? demande Laura.

— Personne ne répond, dit-elle en raccrochant. Je n'ai vraiment pas de chance avec le téléphone, cette semaine. Je me demande tout de même où ça sonnait.

— Probablement là-bas, fait Laura en pointant un groupe de bâtisses entassées un peu plus loin sur le bord d'une falaise. Une petite maison flanquée de quelques bâtiments qui ressemblent à des entrepôts et d'une antenne parabolique. Le chemin qui mène de la guérite à la maison est fraîchement déneigé.

— Ça doit être là qu'habitent les gardes forestiers, déclare Marlie.

— Super! Allons-y!

— Attends une minute.

Marlie se penche et saisit la trousse de premiers soins. Elle l'ouvre et en examine le contenu. Il y a des pansements et des onguents qui pourraient probablement aider le bras de Laura, mais Marlie ne sait pas vraiment comment s'en servir. Par contre, la vue de la bouteille d'aspirine la réjouit. Elle se bat de ses doigts engourdis contre le capuchon à l'épreuve des enfants, mais finit par en venir à bout.

— Tiens, dit-elle en tendant quelques comprimés à Laura, avale ça. Ça va atténuer la douleur et faire baisser la fièvre.

La jeune fille prend les pilules et s'étrangle presque en les avalant.

— On peut y aller maintenant? fait-elle en grimaçant.

Marlie regarde autour d'elle. Il commence à faire noir et les flèches de roc ont maintenant l'air uniformément grises. Même la neige commence à prendre la couleur du ciel sombre.

Au cœur de cette désolation, la petite maison a l'air d'un havre de chaleur avec la lumière jaune qui se répand par ses fenêtres parées de rideaux.

— Oui, allons-y. Même s'il n'y a personne, on va être en sécurité.

— Tu en es sûre ?

— Parfaitement. On va être à la chaleur, on va pouvoir manger et c'est certain qu'il y a un vrai téléphone là-dedans.

— Je veut juste retourner chez moi, fait Laura.

— Alors, allons-y, dit son amie en la guidant doucement par son bras valide.

D'après les nombreuses empreintes de pas dans la fine couche de neige fraîche, Marlie en déduit que plus d'une personne a emprunté le sentier depuis qu'il a recommencé à neiger. Les deux jeunes filles grimpent les marches et Laura frappe à la porte.

— J'entends quelqu'un, dit-elle.

Marlie aussi entend les voix, mais elles lui semblent provenir d'un appareil radio ou d'un téléviseur.

— Frappe encore, fait-elle.

Laura frappe à coups redoublés et la porte s'entrouvre.

— Je n'aime pas ça, murmure Laura.

— Ce n'est rien, la rassure Marlie. Le garde forestier est probablement parti... garder la forêt ou quelque chose du genre.

Elle passe devant Laura et pénètre hardiment dans la maison.

— Allô! lance-t-elle. Il y a quelqu'un?

Le petit salon est minuscule, à peine meublé, mais paraît délicieusement chaleureux aux yeux de la jeune fille. Elle contourne une pile de livres et passe dans la cuisinette. Le réfrigérateur est neuf mais les autres appareils sont anciens, pour ne pas dire antiques. Il n'y a pas de table, mais un comptoir fait presque le tour de la pièce.

Une odeur de métal brûlé flotte dans l'air. Marlie s'avance, le nez à l'affût.

Il y a une poêle à frire sur la cuisinière. Elle est vide mais l'élément en dessous est rouge vif. Marlie fait un pas de plus, la main tendue pour l'éteindre. C'est alors qu'elle aperçoit les bottes.

Interrompant son geste, elle fait le tour du comptoir. Il y a des pantalons dans les bottes. Et une chemise dans les pantalons. L'espace d'un instant, c'est tout ce qu'elle voit. Des bottes, des pantalons, une chemise. Son cerveau refuse d'enregistrer le corps.

Le garde forestier est en fait une petite femme dont les cheveux blonds sont relevés en queue de cheval. Elle a les bras étendus en croix sur le sol. Un verre gît près d'elle dans une petite flaque de lait. Ses yeux gris pâle fixent le plafond et son visage est étrangement calme.

Marlie recule vivement d'un pas.

— Laura! Il faut partir d'ici, vite!

— Je pense qu'il est trop tard pour ça, ma belle, fait la voix de Francis.

Marlie se retourne brusquement et voit Francis dans le cadre de la porte, enserrant le cou de Laura de son bras puissant. Nul doute qu'il s'agit bien de lui, mais le beau gars que Laura s'est arrêtée pour aider est disparu. À sa place se trouve un monstre.

Il a le visage aussi enflé qu'un vieux melon et ses yeux bleus brillent au fond de deux cratères. Il a la peau fendue et du sang séché sur les joues. La main qu'il tient fermement sur la bouche de Laura est sale et tordue. Ses jeans et son blouson sont déchirés.

Il sourit. Ses dents cassées déparent son sourire jadis parfait. Ses lèvres sont gonflées et tuméfiées.

— Vous ne pouvez pas savoir à quel point je suis content de vous retrouver, les filles.

Marlie recule dans la cuisine et tâtonne sur le comptoir, à la recherche d'un couteau.

— Lâche-la.

Francis traverse la cuisine, tenant toujours Laura devant lui.

— Je ne crois pas, non, dit-il. Je ne crois pas.

Les doigts de Marlie rencontrent enfin un couteau. Pas très gros, mais un couteau tout de même. Elle le saisit fermement et le brandit en direction du visage de Francis.

— Lâche-la immédiatement !

Francis sourit de nouveau. Quelques gouttes de sang s'échappent du coin de sa bouche.

— Je peux lui casser le cou avant que tu ne fasses un pas.

— Je vais te tuer, dit Marlie.

Le calme de sa propre voix l'étonne, surtout que son cœur bat à tout rompre.

— Je sais que tu vas essayer, ma petite Marlie. Mais c'est la fin, maintenant, fait-il. Je vais être obligé de vous tuer. Désolé.

Même blessé comme il l'est, il réussit encore à avoir l'air sincère.

Chapitre 16

Marlie n'attend pas que Francis fasse le premier geste. Elle se rue vers lui, le couteau brandi.

Francis pivote et se sert de Laura comme d'un bouclier.

— Un couteau. Sois prudente. Tu ne voudrais tout de même pas blesser ton amie.

— Pourquoi pas. Tu vas la tuer de toute façon, dit-elle avant de bondir de nouveau.

Elle rate Francis mais, cette fois, il repousse Laura. Marlie tente de nouveau de lui donner un coup de couteau et il lui prend le bras, interrompant ainsi son élan. Il pousse la jeune fille contre la cuisinière et lui tord le bras, ramenant le couteau vers elle.

Les doigts de Marlie s'ouvrent et elle laisse échapper le couteau qui tombe au sol avec un bruit de métal. Sans desserrer sa prise sur elle, il se penche pour le ramasser et Marlie lui flanque un coup de genou au visage.

Francis pousse un cri de surprise et de douleur.

Il relâche le bras de Marlie et s'affaisse sur le plancher. Il reste là, sans bouger, l'espace d'une seconde, et Marlie pense qu'il a peut-être perdu connaissance. Mais il se relève soudain d'un bond et s'élance vers elle.

Elle réalise qu'il tient toujours le couteau lorsque sa lame vient tout à coup trancher la laine de ses cols roulés. Elle sent la pointe s'enfoncer légèrement dans sa gorge et n'ose plus respirer.

— Bye-bye, Marlie, fait Francis en se préparant à lui donner le coup de grâce.

Marlie entend un bruit sourd et Francis laisse tomber le couteau. Il se met à vaciller et la jeune fille aperçoit Laura derrière lui, une lourde lampe à la main.

— Est-ce que ça va? a-t-elle le temps de dire avant que Francis se relève brusquement et la repousse vers le salon.

Marlie lui saute dessus. Il se retourne et l'agrippe par la gorge. Il serre si fort que Marlie manque d'air, au bord de l'évanouissement.

La tenant toujours par la gorge, il la soulève jusqu'à ce que ses orteils quittent le sol. Lentement, il retire une de ses mains et serre le poing. Son bras part comme un coup de canon et ses jointures viennent frapper le menton de Marlie.

Rien à voir avec le coup qu'il lui a déjà donné. Celui-ci est d'une telle violence qu'il envoie la jeune fille valser à travers la pièce. Elle atterrit sur le comptoir qui s'écroule sous l'impact. Étendue dans un amas de débris, complètement sonnée, Marlie entend vaguement des cris et des bruits de lutte, puis la porte d'entrée qui claque deux fois.

Elle ignore combien de temps elle reste allongée là. Au bout d'un moment, elle se relève péniblement et se dirige vers le salon.

— Laura? fait-elle doucement.

La porte d'entrée s'ouvre et Francis fait irruption dans la maison.

— Où est Laura? Qu'est-ce que tu lui as fait?

— Une de réglée. À toi maintenant.

Il s'avance vers elle, les bras tendus, et Marlie remarque que sa jambe gauche est raide, ce qui l'oblige à boiter. Il a le visage écorché, plein de sang.

Dans sa tête, Marlie revoit l'image d'une momie dans un vieux film d'horreur. En dépit de la gravité de la situation, elle éclate presque de rire. L'hystérie menace de s'emparer d'elle.

Elle se ressaisit et recule vers la cuisine. Elle s'empare de la poêle à frire qui se trouve encore sur l'élément brûlant.

— Ne t'approche pas, dit-elle pendant qu'il fait un autre pas vers elle.

Elle brandit la poêle et tente de le frapper à la tête.

Il bloque son élan, la poêle s'arrêtant à quelques centimètres de son visage.

— Il n'y a plus personne pour te sauver maintenant, Marlie, fait-il avant de saisir la poêle brûlante par le côté.

Ses doigts se mettent instantanément à grésiller. Ses yeux bleus veulent sortir de son visage tuméfié. Un cri de douleur prend naissance dans sa gorge et explose en même temps que la sensation atroce.

Il retire vivement sa main et regarde, hébété, ses doigts couleur de cendre.

Marlie s'élance de nouveau pour lui assener un coup de poêle et Francis recule d'un pas en vacillant sur ses jambes.

— Où est Laura ? crie la jeune fille.

Elle brandit la poêle une troisième fois. Il essaie de l'éviter mais l'arme brûlante vient glisser sur sa joue, lui arrachant un autre cri de douleur. Il regarde Marlie un moment, puis tourne les talons et sort de la maison, traînant derrière lui sa jambe blessée.

Tremblante, Marlie se dirige vers la porte en tenant la poêle devant elle, prête à s'en servir. Une forme est étendue sur les marches du portique.

— Laura ! fait-elle en laissant tomber son arme pour se précipiter vers son amie.

Laura gît sur le côté, ses cheveux sombres couverts d'une fine couche de glace. Marlie la retourne. Elle a les yeux roulés à l'intérieur des paupières et Marlie n'en voit que le blanc. Un filet de sang coule de son nez et la jeune fille est étonnée de remarquer à quel point la couleur en est vive.

— Oh ! Laura, murmure-t-elle.

Marlie perçoit un mouvement avant d'être projetée dans la neige. Elle se met à genoux pour se relever lorsque des mains puissantes l'empoignent et la projettent au loin. Ses mains cherchent le sol devant elle et ne rencontrent que de l'air. C'est alors qu'elle réalise qu'elle se trouve au bord de la falaise où est perchée la maison. Elle se sent soulevée de nouveau puis retournée. Elle est étendue sur le dos, face à son adversaire.

— Maintenant, tu vas mourir, dit-il, penché sur elle.

Marlie lui donne un coup de pied sur sa jambe blessée et il s'écroule dans la neige.

— Tu n'arrêtes pas de dire ça, crie la jeune fille. Mais c'est toi qui vas mourir.

Elle lui décoche un nouveau coup de pied et a la satisfaction de l'entendre grogner de douleur. Elle essaie une troisième fois mais Francis l'agrippe par la cheville et l'envoie voler plus loin. Dans le vide.

Marlie se sent tomber dans l'espace. Elle vient heurter des rochers. Le flanc de la falaise est dénué de neige et la jeune fille tente de se retenir aux pics rocheux qui en émergent. L'instant d'après elle est de nouveau dans les airs. Elle a le temps de se demander à quelle profondeur se trouve le fond. Plus les secondes passent, plus il devient évident qu'il est suffisamment loin pour qu'elle n'en réchappe pas.

C'est la neige qui lui sauve la vie.

Au pied de la falaise, la neige s'est amoncelée en une gigantesque vague de quatre ou cinq mètres de hauteur. Marlie vient s'y écraser avec une telle force qu'elle en a le souffle coupé. Mais le coussin de neige amortit sa chute et lui évite de se briser les os.

Marlie remonte à la surface, crachant et toussant, comme une nageuse après un plongeon en eau profonde. Lorsqu'elle parvient enfin à reprendre son souffle, elle a déjà glissé jusqu'au pied de l'énorme banc de neige. Elle reste étendue là, haletante, à fixer la paroi noire de la falaise.

En levant les yeux, elle réalise à quel point sa chute a été longue et combien elle est chanceuse d'y avoir survécu. Un mélange de peur et d'exaltation l'envahit.

Puis elle repense à Laura. Laura est là-haut, morte ou agonisante, seule avec Francis.

Marlie se relève et se demande combien de temps il va lui falloir pour remonter jusqu'en haut.

Il est hors de question d'escalader l'escarpement rocheux. Elle tente de se souvenir de ce qu'elle a observé pendant la journée. Le sol était presque plat à l'endroit où elles ont eu l'accident. Ce n'est que plus tard, alors qu'elles suivaient la route qui mène au parc, que la dénivellation a commencé à s'accentuer.

Par conséquent, si Marlie longe la falaise en direction de la Mustang, celle-ci ira en diminuant de hauteur. Pas besoin d'aller aussi loin que la voiture. Elle n'aurait pas la force de le faire de toute manière. Il lui faut juste trouver un endroit facile à escalader.

Elle commence sa progression entre les dunes

de neige qui se sont formées au pied de la falaise. Le sol est presque nu entre les bancs de neige et Marlie prend garde de ne pas trébucher sur les rares buissons qui y poussent.

Tous les cent pas, elle lève la tête et scrute le flanc rocheux à la recherche d'un endroit où grimper. Soudain, elle réalise que Francis pourrait bien l'attendre au sommet.

«Mais non. Il pense sûrement que je suis morte. Et si jamais il se trouve là-haut, je vais le surprendre. Je vais sauver Laura, trouver un téléphone et retourner chez moi.»

Elle déniche enfin un endroit où l'escarpement est fendu par un petit ravin. Elle n'hésite pas une seconde à s'y engager et commence son ascension.

Au début, le ravin est en pente douce. Mais il devient bientôt très à pic. Marlie doit se mettre à quatre pattes pour grimper. Dans l'obscurité, elle a du mal à voir où mettre les mains et les pieds, et ses membres engourdis ne lui facilitent pas la tâche. Mais rien de tout cela n'a d'importance. Elle n'a qu'une idée en tête : retourner chez elle.

Chapitre 17

Marlie n'a jamais eu froid avant. Elle se rappelle avoir joué dans la neige quand elle était
petite, avoir fait du ski sans être suffisamment
vêtue. Ces fois-là, elle pensait avoir froid. Mais ce
n'était qu'une petite sensation de fraîcheur com-
parée au froid douloureux qui lui étreint les
poumons en ce moment.

Marlie n'a jamais été fatiguée non plus. Elle n'a
jamais atteint le point où chacun des muscles de
son corps est pris de spasmes incontrôlables.

L'escalade dure depuis des heures. Des heures à
se faire fouetter par le vent et la neige. Le soleil
commence maintenant à poindre dans le ciel bleu.

Pour la première fois, elle arrive à voir la vallée
en bas. Des flèches de roc s'élèvent vers le ciel et
les bancs de neige ont l'air insignifiants vus d'ici.
Aussi terrifiant que cela puisse paraître, ce n'est
pas la distance qu'elle a parcourue le long de la
falaise qui fait peur à Marlie ; c'est la distance qu'il
lui reste à franchir. Elle sait qu'elle ne pourra plus

tenir le coup bien longtemps. Elle lève les yeux. Plus qu'une dizaine de mètres. Elle devrait pouvoir y arriver. De justesse.

Elle recommence sa pénible ascension.

Pendant la nuit, alors qu'elle escaladait lentement la falaise, Marlie s'est refusée à penser à Francis et à ce qu'il pouvait être en train de faire. Elle a interdit à son esprit de croire que Laura pouvait être morte. Elle s'est forcée à ne penser qu'à l'escalade. Mais maintenant qu'elle touche presque le sommet, une vague d'angoisse la submerge. Marlie met enfin la main sur la terre ferme, agrippe un buisson et gravit le dernier mètre.

Une main saisit son poignet et la tire brusquement vers le haut. Une autre main s'empare de ses cheveux et lui tord le cou vers l'arrière.

— Salut, petite fille, fait Francis. Je ne pensais pas te revoir.

Il attire le visage de la jeune fille près du sien. Des vaisseaux sanguins ont éclaté dans ses yeux et il ne reste plus qu'un peu de bleu dans les globes rouges.

Marlie tente de lui cracher au visage, mais l'escalade lui a laissé la gorge sèche.

— Comment m'as-tu retrouvée ? demande-t-elle d'une voix étouffée.

— Je t'ai regardée grimper. Je ne pensais jamais que tu y arriverais. Ça été très rigolo de te voir faire.

Elle tend les bras et essaie de lui écorcher le visage. Mais elle est trop épuisée. Après cette longue escalade, elle parvient à peine à lever les bras et il ne lui reste pas suffisamment d'énergie pour faire mal à qui que ce soit.

Francis la pousse violemment dans la neige et pose sa grosse botte sur la gorge de Marlie.

— Tu sais voler, ma petite Marlie. Et si je te poussais encore une fois pour voir ?

Sur ce, il part d'un grand rire. Mais Marlie ne le regarde pas. Elle fixe, incrédule, la silhouette qui s'avance derrière lui.

Laura s'approche en courant. Sa peau est aussi blanche que du lait. Elle tient un bâton dans sa main valide.

Francis lève son pied et se prépare à envoyer Marlie au fond du précipice.

— Adieu, petite Marlie, dit-il.

Le bâton s'abat derrière sa tête avec un bruit sec. Francis trébuche vers l'avant. Sa botte levée passe par-dessus Marlie et il tombe tête première dans le précipice. Il disparaît sans le moindre son.

Laura se laisse tomber dans la neige à côté de Marlie.

— Ça va ? demande-t-elle.

— Ça va, répond Marlie en s'assoyant pour regarder son amie, osant à peine en croire ses yeux. Je pensais que tu étais morte !

— Moi aussi, fait Laura. Francis m'a assommée et m'a laissée inconsciente dans la neige. Lorsque je suis revenue à moi, tu étais partie et lui fourrageait dans la cuisine.

Elle s'arrête et ferme les yeux. Marlie met la main sur l'épaule de son amie.

— Tu as l'air d'aller très mal. Où as-tu passé la nuit?

— Dans une des remises derrière la maison. Il y avait plein de choses là-dedans, des couvertures et ça, fait-elle en pointant le bâton du doigt.

Pour la première fois, Marlie remarque l'anneau à la base du bâton.

— Un bâton de ski?

— Oui, dit Laura. Et il y a...

Une main apparaît au sommet de la falaise et s'écrase à deux centimètres de Marlie. Elle pousse un cri et roule sur elle-même au moment où apparaît l'autre main de Francis.

Laura se lève et brandit le bâton de ski. Ses jambes se dérobent sous elle. Elle vacille, grimace de douleur et s'écroule dans la neige. Le bâton lui glisse des mains et tombe dans le ravin.

Marlie fait un pas en direction de son amie et aperçoit le visage de Francis émerger au bord de la falaise. Encore quelques secondes et il sera là.

Soudain, Marlie sent un grand froid l'envahir. Pas un froid physique comme celui qu'elle a ressenti en escaladant la falaise. Un froid intérieur. Elle regarde le visage ensanglanté de Francis et s'avance délibérément vers lui. Du coin de l'œil, elle aperçoit la petite corniche qui lui a sauvé la vie.

Elle lève le pied.

— Ne fais pas ça, Marlie, dit-il calmement.

Laisse-moi monter et je ne vous ferai pas de mal. Je le promets.

— Bye-bye, Francis.

Elle lui écrase violemment sa chaussure glacée dans le visage.

Pendant une seconde, il parvient encore à se retenir. Puis ses mains perdent leur prise et il se met à glisser le long de la falaise. Lentement d'abord, puis de plus en plus rapidement, Francis tombe dans le vide. Il pousse un long hurlement de terreur. Puis, plus rien.

Marlie ne ressent rien.

Elle se retourne vers son amie, puis se précipite vers elle. Ses yeux sont fermés et son front, plissé par la douleur.

— Laura ? Laura !

Elle pose son oreille tout près de la bouche de Laura pour écouter sa respiration. Celle-ci est rapide et superficielle.

Marlie jette un coup d'œil du côté de la maison. En prenant bien soin de toucher le moins possible au bras et au côté blessés de son amie, elle la saisit sous les aisselles et commence à la traîner dans la neige.

— Ne t'en fais pas, lui murmure-t-elle. Ça va aller. Je m'occupe de toi.

Laura gémit doucement.

La porte de la maison est ouverte et Marlie parvient à en gravir les marches avec son fardeau. Elle dépose Laura sur le canapé. Elle voudrait bien pouvoir s'étendre, elle aussi, mais après tout ce qu'elles viennent d'endurer, elle ne peut pas laisser mourir Laura.

Elle traverse la cuisine pour se rendre dans la chambre. Le corps de la femme n'y est plus. Marlie ignore ce que Francis en a fait et ne veut pas le savoir. Elle arrache les couvertures du lit et revient dans le salon pour en couvrir Laura.

— Est-ce qu'il est parti ? demande-t-elle faiblement en ouvrant les yeux.

— Oui, répond Marlie. Parti pour de bon.

— Il revient toujours, fait Laura en secouant la tête.

— Pas cette fois, la rassure son amie.

Mais les yeux de la jeune fille se sont refermés et Marlie n'est pas certaine qu'elle l'a entendue. Elle écoute sa respiration et est soulagée de voir qu'elle est redevenue normale. Comme si elle dormait.

« C'est fini, maintenant, se dit-elle. Il ne me reste plus qu'à trouver le téléphone. La police va venir nous chercher. » Elle jette un regard circulaire dans la pièce et ne voit pas d'appareil. Elle se rend péniblement dans la cuisine mais peine perdue. Pas davantage de succès dans la chambre. Marlie fait le tour de la maison deux autres fois, ouvrant les tiroirs et les placards. Il n'y a pas un seul téléphone dans cette maison. Francis a dû s'en débarrasser.

Épuisée, la jeune fille s'assoit sur un fauteuil et regarde son amie. Elle sait qu'il lui faudrait des heures pour franchir les sept ou huit kilomètres qui la séparent de mont Martha. Dans l'état où elle est, elle n'y parviendra jamais.

Laura gémit.

« Il faut absolument que je trouve de l'aide à temps, pense Marlie. Il me faudrait une motoneige, un traîneau à chiens ou... »

Soudain, Marlie se rappelle le bâton de ski.

— Attends-moi ici, Laura ! fait-elle en bondissant de son fauteuil. Je reviens tout de suite.

Marlie court à la remise dont lui a parlé Laura et y découvre rapidement ce qu'elle cherche. Deux paires de skis de fond sont appuyées contre un mur, accompagnées de trois bâtons.

Marlie en prend une paire et remarque avec soulagement que c'est un modèle qui ne nécessite pas de bottes spéciales. Elle sort déposer les deux planches jaunes dans la neige, puis revient chercher deux bâtons. Ceux-ci sont un peu longs pour elle mais ça va aller. Après deux ou trois essais, elle réussit à fixer solidement les attaches sur ses chaussures couvertes de glace. Elle saisit les bâtons et donne une première poussée.

Les skis ne sont pas très bien fartés, mais c'est beaucoup mieux qu'à pied. Il ne lui faudra sans doute qu'une heure ou deux pour couvrir la distance jusqu'à mont Martha. Elle jette un dernier coup d'œil à la maison où dort Laura. Elle déteste l'idée de la laisser toute seule, mais elle n'a pas le choix. Elle plante fermement les bâtons et glisse sur la neige.

Elle a déjà fait quelques kilomètres lorsqu'elle réalise que Laura a tenu la promesse qu'elle lui a faite au début du voyage.

En dépit de tout ce qui est arrivé, Marlie est en train de faire du ski.

Chapitre 18

Les skis parlent à Marlie. À chaque pas, elle les entend répéter «Dors, Marlie. Dors.»

Elle essaie de se souvenir quelle est la dernière fois qu'elle a dormi. Elle s'est évanouie dans l'accident d'auto. C'était... hier? Avant-hier?... Le jour précédent?...

Elle n'en a pas la moindre idée.

Depuis, elle a marché, s'est battue et a grimpé une falaise. Elle a traîné Laura dans la neige. Et maintenant, elle fait du ski. Elle est à bout de force. Même si mont Martha n'est plus qu'à une heure, ce dont elle ne peut être certaine, elle n'y parviendra jamais.

À trois reprises, elle réalise qu'elle n'avance plus, qu'elle est immobile, appuyée sur ses bâtons. Chaque fois, il lui faut davantage de temps pour se rappeler ce qu'elle fait là et convaincre ses membres endoloris de repartir.

Tout à coup, elle voit une silhouette à la périphérie de son champ de vision. Elle se retourne et éclate de rire. « Ça y est, se dit-elle, j'hallucine. Non seulement je vais mourir, mais je vais devenir folle avant. »

Devant elle, se dresse un homme à cheval. Il porte une veste molletonnée bleue et de grosses bottes. Son visage est à demi caché par un chapeau à large rebord garni de plumes rouges. En arrivant à sa hauteur, l'homme retire son chapeau et Marlie voit qu'il a les traits fortement marqués et une longue chevelure noire.

« Un Indien à cheval. Au moins, mes hallucinations sont originales. » pense-t-elle avant de s'écrouler, inconsciente, dans la neige.

* * *

Une forte odeur de métal flotte dans l'air et Marlie tend la main pour saisir la poêle à frire. Il faut qu'elle éteigne l'élément de la cuisinière avant qu'un incendie éclate et rase la maison du garde forestier.

Elle ouvre les yeux.

Il n'y a ni poêle ni cuisinière. Elle est dans une chambre aux murs beiges. Une télé est juchée sur une tablette au-dessus du lit. Une rampe métallique court de chaque côté du lit où elle est étendue.

Marlie essaie de se lever. Chaque centimètre carré de son corps est douloureux. En voulant bouger son bras, elle réalise qu'un tube intraveineux la relie à une bouteille de liquide clair suspendue à un support.

Elle est à l'hôpital. Même si elle n'est pas de retour chez elle, elle sait que tout est enfin fini. Elles ont réussi à s'en tirer, et maintenant Laura et...

Marlie s'assoit brusquement et cherche la sonnette d'appel. Elle la trouve et appuie avec insistance sur le bouton jusqu'à ce qu'une infirmière pousse la porte de sa chambre en courant.

— Bonjour, dit-elle. Heureuse de te voir réveillée.

— J'avais une amie avec moi, dit Marlie. Elle était dans la maison du garde forestier.

— Ton amie va bien. Elle est dans la chambre d'à côté.

— Dieu merci, fait-elle en poussant un énorme soupir. J'avais peur que personne ne la trouve.

— Eh bien, s'il faut en croire Guy Laforest, tu n'arrêtais pas de lui parler d'elle.

— Qui est Guy Laforest ? demande-t-elle. Oh, attendez, est-ce qu'il est indien ?

L'infirmière s'assoit dans le fauteuil près du lit.

— Oui. Il s'en allait rendre visite aux gardes forestiers lorsqu'il t'a trouvée en train de faire du ski. Lorsqu'il nous a appelés, il a dit que tu étais presque morte. Nous étions très inquiets à ton sujet.

— Mais Laura va bien ?

La porte s'ouvre de nouveau et un médecin pénètre dans la chambre.

— On m'a dit que notre héroïne était réveillée, lance-t-il joyeusement.

— Héroïne ? fait Marlie.

— N'as-tu pas lutté avec un meurtrier et sauvé la vie de ta copine ?

— Bien... quelque chose comme ça, oui.

— Alors, cela fait de toi une héroïne, réplique le médecin.

— Laura m'a sauvée autant de fois que je l'ai fait moi-même.

— Si vous voulez bien m'excuser, je vais continuer mon travail, fait l'infirmière en se levant.

Elle fait à Marlie un grand sourire avant de quitter la chambre.

Le docteur jette un coup d'œil au dossier qu'il tient à la main.

— Laura a une fracture multiple au bras et deux côtes cassées. Elle a fait une hémorragie interne, mais elle est remise sur pied depuis avant-hier. Elle va très bien.

— Avant-hier ? Depuis combien de temps est-ce que je suis ici ?

— Trois jours, répond le médecin.

— Trois jours !

— Tu étais très mal en point lorsque tu es arrivée ici, explique-t-il. Ton amie était blessée mais toi, tu souffrais d'exposition au froid, d'une commotion et de nombreuses blessures mineures. De plus, tu as perdu un peu de peau et des bouts d'orteils à cause de gelure au troisième degré.

Marlie essaie de voir ses orteils.

— Mes orteils ? Vous m'avez enlevé des bouts d'orteils ?

— De tout petits bouts, ne t'en fais pas. Et compte-toi chanceuse de ne pas avoir perdu tes pieds. Encore une heure ou deux dans ce froid et ça aurait été catastrophique. Et tu souffres aussi d'autre chose.

— Quoi donc ?

Le médecin s'assoit dans le fauteuil libéré par l'infirmière.

— Tu as déjà entendu parler de personnes qui font des choses extraordinaires en situation d'urgence ? Des petites vieilles qui soulèvent des voitures, des mères qui enlèvent des poutres tombées sur le corps de leur enfant, des trucs comme ça ?

Marlie fait oui de la tête.

— Ce que tu as fait se compare à tout cela, fait-il. En voulant prendre soin de ton amie et de toi-même, tu as fait des choses que tu n'aurais jamais réussi à faire en temps normal. Tu as poussé ton corps au-delà de ses limites.

— Qu'est-ce que ça veut dire ?

— Ça veut dire que tu vas probablement te sentir très faible pendant quelques jours. Que tu vas avoir mal à des endroits dont tu ignorais même l'existence. Tu t'es étiré la moitié des muscles du corps. On va te garder ici quelque temps, juste pour s'assurer que tu n'as rien d'autre.

— Et ma famille ?

— Ta famille s'en vient, dit-il. Tes parents devraient arriver cet après-midi. Ils seraient venus avant, mais on n'a pas pu t'identifier avant que Laura ne se réveille.

— Nos sacs à main ont dû rester dans l'auto.

— Aux dernières nouvelles, la police n'avait pas encore retrouvé la voiture, fait-il en se levant. Je reviendrai te voir un peu plus tard.

Marlie n'ose pas poser la question qui lui brûle les lèvres, mais il faut qu'elle sache.

— Ont-ils retrouvé Francis?

Le médecin s'arrête à la porte.

— Non, répond-il doucement. Mais ne t'en fais pas. La région est très vaste et Laura n'a pas été en mesure de leur indiquer exactement où chercher.

Marlie se passe la langue sur les lèvres et essaie de sourire.

— Vous avez probablement raison. Est-ce que je peux voir Laura?

— Bien sûr, dit-il. Mais reste ici. Je ne veux pas te voir debout jusqu'à ce que tes pieds guérissent. Compris?

— Oui, docteur.

— Parfait. Je t'envoie ta copine.

Laura arrive quelques minutes plus tard. Elle a le bras dans un énorme plâtre.

— Salut, Marlie, dit-elle. Je commençais à penser que tu ne te réveillerais jamais.

— Moi aussi, répond Marlie en essayant de s'asseoir dans une position plus confortable. Comment te sens-tu?

Laura roule des yeux et vient s'asseoir près du

lit. Tout en marchant, elle tire sur sa chemise d'hôpital.

— Non mais, ils pourraient les faire un peu plus longues, tu ne trouves pas?

— Ça permet aux docteurs de se rincer l'œil, réplique Marlie.

Elle sourit et s'aperçoit que même les muscles de son visage sont endoloris.

Laura se penche vers elle.

— Marlie, t'es-tu réellement débarrassée de Francis? Je pense qu'il est tombé dans le précipice, mais je n'en suis pas certaine. C'est un peu flou.

— C'est fini, Laura. Il a fait un long voyage dont il ne reviendra pas.

— Rappelle-moi de ne plus jamais faire monter d'auto-stoppeur, d'accord?

— Je t'avais avertie, dit Marlie.

— Ne tourne pas le couteau dans la plaie, rigole-t-elle.

— En tout cas, on n'a plus besoin d'avoir peur que Francis nous tue. Ni personne d'autre, d'ailleurs.

— Comment ça?

— Parce qu'à la minute même où nos parents vont arriver, ils vont nous tuer eux-mêmes, réplique Marlie en riant.

— Tu as raison, dit Laura. Tu aurais dû entendre mon père au téléphone. Il voulait m'assassiner. Heureusement qu'il était à des centaines de kilomètres.

— Le téléphone ! Je n'ai même pas songé à téléphoner.

— Ne t'en fais pas, fait Laura en riant. Toute ta famille sera là dans une heure ou deux. Ma famille aussi. Tu devrais entendre tout ce qu'on dit à notre sujet ! Je pense que tous les policiers du Canada et des États-Unis étaient à notre recherche.

— À cause des meurtres ?

— À cause de ton message, dit Laura. Je ne savais même pas que tu avais laissé une note. Mais quelqu'un l'a trouvée et a appelé le FBI et la Gendarmerie royale. Tu te rends compte ! Ils ont organisé des recherches conjointes intensives. La police doit nous avoir manquées une centaine de fois. Tout le monde voulait mettre le grappin sur Édouard.

— Édouard ?

— C'est le vrai nom de Francis. Édouard Mitchell. Il a tué un tas de gens.

Les deux amies sont silencieuses un moment. Puis elles se mettent à parler en même temps.

— Je veux...

— Tu...

Elles s'arrêtent et éclatent de rire.

— Vas-y la première, fait Marlie.

— Ce que tu as fait, là-bas... dit Laura d'une voix étranglée. Je veux juste te remercier.

Marlie trouve la force de se pencher et d'étreindre son amie.

— Tu m'as sauvé la vie, dit Marlie.

— Pas comme toi.

— On s'est sauvées l'une l'autre, finit Marlie.

Sur ces entrefaites, la porte s'ouvre et l'infirmière apparaît.

— Désolée de devoir mettre un terme à tout ça, fait-elle, mais si vous ne prenez pas de repos, vous allez être trop fatiguées quand vos parents vont arriver.

— O.K., dit Laura. Je te vois tantôt.

Elle se lève et se dirige vers la porte en tirant encore sur sa chemise d'hôpital.

— Oh! Laura, fait Marlie.

— Quoi?

— Si on part en voyage, l'an prochain, allons en Floride, tu veux?

Le rire de Laura se répercute dans le couloir pendant qu'elle se rend à sa chambre.

Marlie se recouche et tire les couvertures jusque sous son menton. Quelle merveilleuse sensation que de se sentir propre et de pouvoir dormir sans être attachée. Même le lit d'hôpital lui semble aussi douillet qu'un lit de plume. Elle ferme les yeux et écoute les bruits étouffés qui lui parviennent du couloir.

— Salut, petite Marlie.

Francis se penche sur elle. Son visage ensanglanté laisse voir des bouts d'os et de dents cassées. Ses yeux bleus brillent au fond d'orbites noires, enfoncés dans sa chair en putréfaction.

Marlie s'élance pour lui donner un coup de

poing et sa main rencontre le mur au-dessus de sa tête. Elle ouvre les yeux.

Francis n'est pas là. Il n'y a personne dans la chambre. Tout est tranquille à l'exception de la bouteille de soluté qui se balance au bout de son support. Et de son cœur qui bat à tout rompre.

Marlie tente de ralentir sa respiration et de calmer son cœur affolé. «Il est mort, se dit-elle. Il est mort et je n'aurai plus jamais besoin d'avoir peur de lui. Jamais.»

Quelques minutes plus tard, elle se glisse hors de son lit. Traînant derrière elle son soluté, elle avance en grimaçant de douleur jusqu'à la porte en poussant le fauteuil avec ses genoux. Une fois à la porte, elle le coince sous la poignée avant de retourner dans son lit.

«Si les infirmières veulent entrer, elles n'auront qu'à frapper.»

Elle remonte dans son lit, se glisse sous les couvertures et s'enlise dans un profond sommeil.

LE PLAISIR DE LIRE

Salut! Nous voulons savoir si tu as aimé ce livre et mieux connaître tes habitudes de lecture.

Nom de la collection : _____

Titre : _____

As-tu aimé ce livre?
☐ Je l'ai adoré ☐ Je l'ai aimé ☐ C'est plutôt bien ☐ Pas vraiment ☐ Pas du tout

Explique en quelques lignes pourquoi : _____
_____
_____

Liras-tu d'autres livres de la même collection? ☐ oui ☐ non

Où as-tu acheté ce livre? _____

Quel genre de livres lis-tu? (Coche tous les styles que tu lis.)
☐ romans policiers (ex.: Agatha Christie) ☐ romans de science-fiction ☐ romans d'aventures
☐ thrillers (ex.: Frissons) ☐ romans d'épouvante ou fantastique ☐ romans d'amour

Quels sont les trois derniers livres que tu as lus? _____
_____ _____

Quels magazines lis-tu? _____

Où lis-tu surtout? _____

Quand lis-tu? _____

Quelles émissions de télé aimes-tu regarder? _____

Prénom : _____ **Nom :** _____

Sexe : ☐ masculin ☐ féminin **Âge :** _____

Adresse : _____

Ville : _____ **Province :** ____ **Code postal :** ____

Tu peux envoyer ce questionnaire :
1. Par la poste à : LE PLAISIR DE LIRE, 300, rue Arran, Saint-Lambert (Québec) J4R 1K5
2. Par télécopieur au (514) 672-5448
3. Par courrier électronique à l'adresse suivante : heritage@mlink.net

Dans la même collection

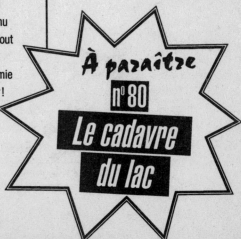

À paraître

n° 80

Le cadavre
du lac

Payette & Simms inc.

Achevé d'imprimer en février 1998 sur les presses de
Payette & Simms inc. à Saint-Lambert (Québec)